자기계발의 미학

자기계발의 미학

발행일	2024년 6월 20일

지은이 김경아, 김은숙, 김태경, 손청희, 신승희, 양은영, 어수혜, 이명희, 이미영, 이은경
펴낸이 손형국
펴낸곳 (주)북랩
편집인 선일영   편집 김은수, 배진용, 김현아, 김다빈, 김부경
디자인 이현수, 김민하, 임진형, 안유경, 최성경   제작 박기성, 구성우, 이창영, 배상진
마케팅 김회란, 박진관
출판등록 2004. 12. 1(제2012-000051호)
주소 서울특별시 금천구 가산디지털 1로 168, 우림라이온스밸리 B동 B113~115호, C동 B101호
홈페이지 www.book.co.kr
전화번호 (02)2026-5777   팩스 (02)3159-9637

ISBN 979-11-7224-148-3 03810 (종이책)   979-11-7224-149-0 05810 (전자책)

(주)북랩 성공출판의 파트너

북랩 홈페이지와 패밀리 사이트에서 다양한 출판 솔루션을 만나 보세요!

홈페이지 book.co.kr • **블로그** blog.naver.com/essaybook • **출판문의** book@book.co.kr

작가 연락처 문의 ▸ ask.book.co.kr

작가 연락처는 개인정보이므로 북랩에서 알려드릴 수 없습니다.

자기계발의

미학

김경아, 김은숙, 김태경, 손청희, 신승희,
양은영, 어수혜, 이명희, 이미영, 이은경

북랩

"그냥 편하게 하루 한 강의만 들으시면 돼요."

사회복지사 자격 과정을 공부하는 지인이 말했다. 편해지라는 말이 공감되지 않았다. 얼마 못 가 포기할 게 분명했기 때문이다. 할 수 있다기보다는 할 수 없는 이유가 더 많이 생각났다.

"그때 시작했었다면 나는 지금 사회복지사의 삶을 살고 있을까."

아이들이 초등학교 저학년이 되었을 때 어렵게 취업에 성공했다. 자기계발보다 직장이 먼저였고 가족이 우선이었다. 내 머릿속에는 아침 출근하면서부터 퇴근 전까지 그날 해야 할 업무들이 잘 정리되어 있었다. 몇 분의 공백 기간도 허용하면 안 된다는 듯 쉴 틈 없이 일했다. 퇴근 후 저녁 준비하고 먹고 정리까지 끝내 놓으면 아홉 시가 훌쩍 넘어있었다. 그랬던 내가 마흔을 넘기면서 무기력해지기 시작했다. 아침에 일어나기 힘들었다. 머리가 멍하고 어깨는 무거웠다. 퇴근하면 허리에 힘이 없어 눕고만 싶었다. 피곤하면 목이 부었고 감기도 자주 걸렸다. 자기계발은 하고 싶다는 마음만 한창인 시절이었다.

새로운 일을 시작하고 적응하는 과정에서 나는 몸도 마음도 건강해졌다.

"나 싱크대 사업할 생각인데 같이 하지 않을래?"

구정 때 가족이 모인 자리에서 친정 오빠가 나한테 말했다. 내 나이 마흔다섯, 거절할 이유가 없었다. 직장에 계속 다닌다 해도 몇 년을 더 다닐 수 있을지 알 수 없었다. 할 수 있는 것도 잘하는 것도 없었다. 오십이 넘고 더 나이가 들면 뭘 해야 할지도 몰랐다. 오빠가 정년 없는 직장이라며 나를 설득했다. 내가 다니고 있던 회사는 규모는 커지는데 직원을 채용하지 않았다. 그 때문에 업무가 많아져 버거워하던 중이었다. 기회를 놓치고 싶지 않아 무조건 오빠의 사업 제안을 받아들였다. 우리는 그해 가을 공장을 개업했다. 공장 건물을 알아보고 계약하고 사업자등록증을 냈다. 사업을 시작하려니 준비해야 할 것들이 많았다. 나는 해야 할 일들을 노트에 메모해 놓고 진행하면서 마무리했다. 하루 종일 바쁘게 몸을 움직여도 피곤한 줄 몰랐다. 난생처음 블로그를 썼고 인스타그램을 시작했다. 스마트스토어도 만들었다. 사업을 시작하고 삼 년은 회사에 있을 때도 퇴근해서도 밥 먹을 때도 잠잘 때도 '내 사업장을 어떻게 하면 많이 알릴 수 있을까?' '어떻게 하면 가만히 있어도 고객이 찾아오는 시스템을 만들 수 있을까'만 고민했다. 목표가 있었기에 내가 필요한 것들을 배울 수 있었고 도중에 포기하지 않을 수 있었다.

2022년 2월 새벽 기상을 시작했다. 김유진 작가의 ≪나의 하루는 4시 30분에 시작된다≫를 읽고서도 선뜻 시도하지 못했던 새벽 기상이다. 일찍 일어나는 것보다 더 자신 없었던 건 일찍 자는 것이었기 때문이다. 일찍 잠자리에 드는 건 자신 없지만 노력해 보기로 했다. 자기계발하는 사람들이 모인 커뮤니티에 가입했다. 모두 일찍 일어나서 공부하고, 운동하고, 출근했다. 저녁에 각자에게 필요한 강의를 들으면서 열정적으로 살고 있었다. 그 사람들의 모습을 보면서 나는 지금까지 너무 편안하고 한가롭게 살았다는 생각이 들었다. 나도 그들처럼 멋진 삶을 살아야겠다고 마음먹었다. 하지만 습관을 만드는 건 쉽지 않았다. 새벽에 일어나서 책을 읽다 보면 졸려서 다시 침대에 누워 자는 날이 많았다. 반쯤 깬 상태로 아침 시간을 보내고 있으니 안 일어나는 것만 못했다. 목표가 있어야 했다. 그래서 캔바, 영상편집, 마인드맵 등 무료 재능기부 강의를 듣기 시작했다.

"나는 사회성 버튼을 적당히 누를 줄 아는 내향인이라 필요에 따라 조금씩 방구석을 벗어나곤 했다."

　남인숙 작가의 ≪사실 내성적인 사람입니다≫에 나오는 문장이다. 지극히 내성적인 성격의 나는 사회성 버튼도 누를 줄 몰랐다. 여러 사람이 있는 자리, 특히 모르는 사람들이 있는 자리에 다녀오는 날이면 녹초가 되어 집에 오면 누워서 쉬어야 했다. 낯선 사람하고도 말 잘하는 활달한 성격의 사람들이 부러웠다. 사람들과 자연스럽게 대화를 잘 이끌어 가고 싶었다. 그래서 스피치 강의를 수강했다. 예전엔 스트레스받으며 배우는 것보다 불편한 삶을 선택했었다. 남들 앞에서 말해야 하는 상황만 모면하면 되었으니까. 그런데 자기계발하는 사람들과 함께 있고 동기부여 받다 보니 용기가 생겼다. 스피치를 배우고 자신감이 생겼다. 그 자신감으로 스피치 지도사 자격 과정에도 도전했다. 스피치 강사가 되어 온라인 수업도 개강할 수 있었다. 나도 이제 사회성 버튼을 누를 줄 아는 사람이 되었다. 이제는 '하고 싶다'에서 오래 머물지 않는다. 우선 뛰어들어본다. 하지 않고 포기한 것들로 후회하고 싶지 않기 때문이다.

　이 책은 주부이면서 동시에 직장인으로서 성장과 도전의 과정을 걷고 있는 열 명의 이야기다. 바쁜 일상, 가정과 직장 사이에서 균형을 맞추며 자기계발과 성장에 애쓰고 있는 작가들의 모습을 엿볼 수 있다. 1장에서는 자기계발을 시작하게 된 계기에 관해 썼다. 2장에서는 자기계발을 하며 변화를 추구하면서 새롭게 형성된 습

　　　　　　　　　　　　　　　　　　　　　자기계발의 미학

관에 대해 소개한다. 3장에서는 성장이나 자기계발의 필수인 자기 관리에 대해 이야기한다. 건강관리, 멘탈 관리를 비롯해 더 나은 내일을 위해 어떤 공부를 선택했는지 무엇에 몰입했는지를 보여준다. 마지막으로 4장에서는 과거에 비해 나아지고 있는 작가들의 모습을 보여준다. 조금 더 성장하기 위해 애쓰며 마음 근육까지 단단해진 이야기를 소개한다. 자기 성장을 위해 각자의 색깔로 하루도 허투루 보내지 않는 작가들의 이야기를 다룬다.

이 책을 통해 결혼과 육아로 꿈을 포기했던 사람들, 이미 늦었다고 여겨 선뜻 시작하지 못하는 사람들에게 희망을 주고 싶다. 다른 사람이 할 수 있는 건 나도 할 수 있다고 믿어보자. 살아가면서 내가 하는 선택들에 의해서 우리는 성장한다. 해 냈을 때의 설레는 감정을 느껴보자. 하고 싶다면, 무언가 되고 싶다면 그냥 부딪혀 보는 거다. 용기를 내어 시도해 보는 게 성취감을 얻는 가장 빠른 방법이다. 시작하면 어떻게든 행동하게 되어 있으니까. 중도에 포기만 하지 않는다면 원하는 성과를 얻을 수 있을 것이다. 우리 열 명의 작가는 바쁜 일상에서도 자기 발전에 힘쓰는 이들을 위한 가이드이자 동반자가 되고자 한다.

스토리텔링으로 리뷰하기, 〈스텔리〉 리더
작가 김태경

새벽 어슴푸레 밖은 아직 캄캄한데 부스스 일어나 컴퓨터를 켜고 가볍게 스트레칭을 합니다. 책상 의자에 앉으면 하나둘 모니터에 모습을 드러냅니다. 감고 잔 머리가 부스스한 작가님, 전날 밤의 라면으로 눈이 안 떠지는 작가님, 바쁘고 힘든 직장 생활로 도저히 일어날 수 없었겠지만 피곤을 이겨 내고 화면에 반가운 얼굴들을 보여줍니다. "반가워요" 하며 손과 눈으로 인사를 나누고 책을 읽습니다. 그렇게 1년여를 보냈고 어느 날 책을 읽었으니 이야기로 엮어보자며 책의 공감되는 내용과 본인의 이야기를 글로 쓰고 발표를 하기 시작했습니다.

화면을 통해서 작은 숨소리가 들립니다. 이야기를 놓칠세라 각자의 숨소리도 줄이며 귀 기울입니다. 공감하는 마음으로 서로의 힘이 되어준 작가님들의 글이 가슴을 설레게 할 즈음 "글이 너무 좋아요." 하며 서로를 다독입니다. "고마워요."라는 짧은 인사지만 많은 감정이 뒤섞인 대답이란 걸 우리는 알고 있습니다.

횟수가 늘어날수록 글의 길이가 늘어나고 속마음이 들킬 때쯤 리더 작가님이 폭탄선언을 합니다.

"이제 책을 낼만 한 글을 써 봅시다." 그렇게 겁 없이 시작했습니다.

"하하, 호호."
"너무 웃겨요."
"그게 어떤 상황이에요?"
"그런 일이 있었구나. 작가님 너무 재밌어요."

일 년을 하루 같이 바쁘게 살아온 이들이 용감하게 펜을 잡았습니다. 각자 살아온 삶은 너무도 다릅니다. 그렇지만 열정이 가득한 마음과 새로운 인생에 대한 경험을 두려워하지 않은 열 명의 작가들이 뭉쳤습니다.

아팠던 마음도 글로 옮겼고, 행복했던 순간도 고스란히 적었습니다. 가는 길이 새롭기에 도전했고 성공에 이르고 그곳까지 경험했던 시간들을 가슴에 묻어 두었다가 하나씩 꺼내어 글로 옮겨 보았습니다.

'하니까 되더라'라고 하는 큰 선물을 글로 풀었습니다. 이 글들이 용기가 나지 않을 때, 외로울 때, 지쳐 힘이 들 때, 도전해도 무엇인가 보이지 않고 앞이 깜깜할 때 빛이 되어 줄 것이라 생각합니다. 평범한 작가님들도 이루었고 소망하는 것들에 점점 다가가는 사실을 경험했으니까요. 서로의 글을 보며 나보다 더 힘든 삶이 있다는 걸 알았습니다. 또한 가 보지 않은 더 멋진 인생의 길을 사는 분이 계시는구나 하는 것을 느꼈습니다. 혼자 진 것 같은 어깨의 짐은 나만의 무게가 아님을, 나누면 가벼워짐을 작가님들의 글을 보며 알았습니다.

며칠 전 비가 한바탕 쏟아지고 난 후 하늘은 더 파래지고 하늘을 바라보는 우리의 마음도 새로워졌습니다. 같이 한다는 게 이렇게 행복하다는 것을 알게 해준 날들이었습니다. 혼자였다면 포기했거나 미루거나 하며 맺음을 못하고 기분만 들떠 있었을 겁니다. 식어버린 커피잔을 무심히 밀어 놓은 채 노트북 화면만 뚫어져라 응시합니다. 초고를 쓰고 퇴고의 시간을 맞으며 수정하기를 여러 번. 볼수록 맘에 들지 않습니다. 첫째 줄부터 손대면 종잡을 수가 없으니 중간중간 눈에 띄는 문장을 지우고 쓰기를 반복했습니다. 그렇게 열 분의 작가님들이 차분히 정돈된 마음으로 글을 마무리했습니다. 가슴 아픈 글도 있고 재미있는 글도 있습니다. 매일 비슷한 일상 속에서 책을 접하고 쓰기를 도전하며 새로운 꿈을 꾸는 시간이 되었습니다. 글쓰기가 되지는 않았지만 매일 끄적이며 분량을 늘리고 생각하고 고민했습니다. 그렇게 시간을 보내며 마음은 더없이 행복했습니다. 작가님들 모두 미소가 번지는 마무리가 되었고 해냈다는 성취감과 글을 써냈다는 용기를 서로 칭찬했습니다. 힘든 시간들을 보내고 자신을 돌아보는 글이 희망을 품게 해주었습니다. 이번 글을 쓰며 작가님들과 더 돈독해지고 위로가 되는 시간이었습니다.

　무엇부터 시작해야 할지 모를 때 첫발을 내디뎌 주었고 마무리가 되지 않을 때 기다려 주며 같이 보폭을 맞춰주신 작가님들 감사합니다. 혼자였다면 용기 내지 못했을 쓰기를 마무리했습니다. 마침표를 찍으며 아쉬움이 가득했지만 우리는 이제 시작이기에 가슴이 벅찬 시간이었습니다.
　더 노력하고 집중하는 순간들이 스냅사진처럼 떠오릅니다. 함께여서 가능했던 기억은 절대 잊지 못할 것입니다. 열 명의 작가들이 정성껏 썼습니다. 이제 발돋움하는 첫걸음에 박수 부탁드립니다.

　글 마무리 즈음 옆 테이블의 손님들이 이야기꽃을 피웁니다. 간간이 들려오는 남편 이야기에 웃음이 터져 나오는 걸 참느라 입술에 힘을 주었습니다.

　자 그럼 편한 자세 준비되셨나요?
　작가님들의 이야기 시작하겠습니다.

나로부터 행복이 싹틈을 아는

작가 이미영

목차

제1장

자기 인식과 목표 설정

제2장

습관의 변화와 자기 관리

제3장

자기 성장을 위한 교육과 학습

제4장

감정 관리와 스트레스 극복

자기 인식과 목표 설정

제1장

나의 삶, 나의 성장

김경아

　새벽 4시 40분. 알람이 울리면 겨우 일어나 주방으로 갔다. 비몽사몽인 상태로 아침밥을 차린다. 싱크대에 기대어 밥 먹는 아이의 뒷모습을 바라본다. 식탁을 치우고 난 후 아이를 배웅하면 5시 50분. 아직 6시 전이라 하품이 나온다.

　아이가 재수를 시작했다. 학원을 시흥에서 선릉까지 다닌다. 거리가 멀어 다시 생각해 보라고 했지만 완강했다. 아침 6시 전에 나가 밤 11시 넘어 귀가한다. 피곤할 텐데 늦잠 한번 안 잔다. 덕분에 같이 새벽 기상에 늦은 취침을 하고 있다. 아이를 보내고 나면 내적 갈등이 시작된다. 다시 잘까, 말까. 역시나 침대로 가 눕는다. 눈뜨면 오전 11시. 멍하니 천장을 본다. 옆으로 누워 보고 다시 뒤척인다. 벌떡 일어나 앉는다. 온몸에 열이 확 오르며 한숨이 절로 나온다.

아무것도 안 해도 된다고 생각했다. 게으름을 피워도 뭐라고 할 사람도 없다. 남편도 늦잠을 잔다고 간섭하지 않는다. 괜찮다고 인정해 주는 거라 생각했다. 남편의 배려를 받아도 되는 힘든 시간이었으니까.

지난 몇 년은 아픈 가족들을 보살피는 데 집중한 시간이었다. 병원에 모시고 다니며 입원에 간병까지 너무나 길고 긴 시간이었다. 그렇게 나는 보호자가 되었다. 몸과 마음은 자연스레 지쳐갔다. 지치고 힘들었지만 학창 시절보다 매진해서 공부를 했다. 어떤 목표를 가지고 공부를 시작한 건 아니었다. 일을 해야 할 상황이 생길 수도 있을까 봐 틈틈이 준비를 한 것 같다. 시간이 흐르고 그때를 생각해 보니 정신적으로 피폐해지는 것을 잊기 위함이었다.

보호자의 역할은 새벽에 받은 전화 한 통에 시작되었다. 새벽까지 일하던 남편. 뇌출혈이라는 연락을 받았다. 부랴부랴 옷을 입고 병원으로 갔다. 중환자실에 누워있는 남편이 보였다. 눈이 마주쳤다. 눈물이 나는 것을 꾹 참고 병실로 들어갔다. 괜찮아? 끄덕이는 모습이 어딘가 어색하고 힘겨워 보였다. 누워있는 남편을 한참을 바라보고 병실에서 나왔다. 머릿속이 복잡했다. 우선 보험회사와 통화해 보험금을 확인했다. 지인에게 전화를 걸어 초등생이었던 아이를 잠시 부탁했다. 여기저기 통화를 마친 뒤 의자에 털썩 주저앉아 엉엉 울었다. 한참을 멍하니 앉아 있었다. 어둠은 그렇게 사라져 가고 있었다. 이틀이 지나고 남편은 무사히 일반 병실로 옮기게 되었다. 후유증으로 좌측 편마비가 왔지만 재활치료, 운동, 식단 조절까지 잘 해주었다. 노력해 준 덕에 많이 회복되었고 일하면서 건강하게 잘 지내고 있다.

신랑이 건강을 찾고 일상으로 돌아온 지 얼마 지나지 않아 친정 아빠의 폐암 소식을 듣게 되었고 입원을 반복하며 항암 치료를 받으셨다. 치료가 잘 되는 줄 알았다. 아빠는 2년 만에 돌아가셨고 슬픔이 채 가시기도 전에 이번엔 시아버님이 췌장암이라는 진단을 받으셨다. 진주에 계시던 아버님은 서울에 있는 병원에서 수술받길 원하셨다. 갑자기 편찮으시다는 연락을 받게 되면 당일로 진주를 갔다 와야 했고, 응급실에 도착하면 대기시간이 길었다. 장시간의 운전으로 지친 나는 벽에 기대어 조는 시간이 많았다. 이러길 수 차례, 수술받고 1년 뒤 아버님마저 돌아가셨다. 반복되는 간병 생활로 인해 체력은 바닥이 났고 정신적으로 힘들었다. 병원을 자주 다니면서 환자들을 보는 게 힘들었다. 우울한 기분, 이 감정을 집까지 가져가고 싶지 않았다. 그래서 택한 곳. 나를 위로해 주고 품어주는 보호자에서 나로 돌아올 수 있는 곳이 학원이 되었던 거다.

하루는 아이를 배웅하고 창밖을 보게 되었다. 해가 채 뜨지도 않은 어둠 속에서 걸어가는 사람들이 있었다. 어디를 가는 걸까. 창에 비친 내 모습이 보였다. 흐리멍덩한 눈빛. 무기력해 보였다. 이게 나라고? 커튼을 닫았다. 몇 년을 힘들었으니 쉬어도 된다는 말을 주변에서 자주 해주었다. 그래 쉬자! 정말 아무것도 안 하며 시간을 그렇게 흘러보냈다. 무엇을 하고 싶은지, 해야 하는지 잊고 살았다.

뭐든 해 보자. 새로운 일을 시작하면 금방 적응하고 배움에 적극적으로 임한다. 하지만 힘들거나 벽에 부딪히는 순간이 오면 포기하려는 이유를 찾는다. 새로운 일을 시작하기 전에 준비만 하다가 시작조차 못 하는 경우도 허다했다. 완벽해야 한다는 생각에 시작할 기회를 놓친 것이다. 나에게 찾아온 새벽의 시간과 기회를 놓치고 싶지 않았다. 힘들었던 지난 일은 잊고 새롭게 시작하고 싶었다. 좋아하는 일을 찾고 싶고, 잘하는 일을 하고 싶었다. 당당한 내가 되고 싶었다.

새벽에 독서를 시작했지만 꾸준하질 못했다. 시간이 지날수록 의지가 약해졌다. 나를 잡아줄 무언가가 필요했다. 끈이 될 만한 걸 찾아봤다. 새벽에 하는 라이브 방송이라니. 이른 시간이지만 청취자들이 많았다. 경력 단절, 사회생활의 두려움, 경제적 자유, 나를 찾고 싶은 간절함 등. 다양한 고민을 가진 사람들. 나만 이런 고민을 하는 게 아니었다. 20~30분의 강의는 다양한 주제들로 구성되었다. 공부를 해야 하는 이유, 책 소개, 경제 이야기, 멘탈 관리 등 집중해서 듣게 되었다. 방송의 매력은 강의가 끝난 후였다. 20분의 자유시간. 잔잔한 음악이 나오고 본인이 원하는 걸 하는 시간이다. 책을 읽기 시작했다. 20분이 금방 지나갔다. 책에만 집중할 수 있는 시간이 좋았다. 같은 시간에 같은 고민을 가진 사람들이 함께하고 있다는 생각에 몰입도 되고 자극도 되었다.

독서를 다른 방향으로 접근해 보고 싶어 독서 모임에 가입했다. 책을 읽고 글도 쓰는 모임이다. 원래의 나라면 검색부터 가입까지 고민에 고민만 하다가 포기했을 것이다. 생각과 동시에 실행에 옮겼다. 오프가 아닌 온라인에서의 만남이라 부담감이 덜했다. 실제로 만나도 어색하지 않고 반가웠다. 책을 읽고 의견을 나누고, 공감되는 문장으로 글도 쓰는 이 모임이, 이 시간, 이 사람들이 좋다. 본인의 일도 열심히 하면서 자기계발도 꾸준히 하는 배울 점이 많은 사람들이다. 그 모습에 자극도 받아 더 분발하게 된다. 마음 약해지거나 포기하고 싶은 순간에 격려, 위로, 응원의 말들을 아낌없이 해준다. 독서를 시작으로 필사, 감사 일기, 칭찬 일기를 쓰면서 나를 응원하는 시간을 갖고 있다. 덕분에 조금씩 단단해졌고 새로운 것을 시작할 때의 두려움이 사라졌다. 너무 고민하지 않기. 못하면 어때. 다시 하면 되지. 긍정의 생각을 하게 되었다. 가장 큰 성과는 좋아하는 것을 찾게 되었고 하고 싶은 일이 생겼다는 것이다.

아이가 재수를 한다고 했을 땐 속상하고 화도 났지만, 나만의 공부에 매달리며 그 시간을 잘 보낸 덕분에 지금은 초등학교에서 기초학력을 가르치고 있다. 알람 소리에 겨우 일어났던 순간을 그냥 보냈다면 지금의 나는 없었을 것이다. 새벽 기상을 포기하지 않고 계속 시도했던 순간이 자기계발을 시작할 수 있는 계기가 되었다. 변화를 시작할 수 있는 값진 시간이다. 힘든 순간이 올 수도 있을 것이다. 그렇지만 계속 노력하려 한다. 다시 시작할 수 있는 용기가 생겼기 때문이다.

자기계발의 미학

책은 나에게 빛이 되었다

김은숙

마음 둘 곳을 찾고 싶었다. 책을 읽으면 편해질 것 같았다. 무작정 도서관에 전화했다. "독서 토론에 참여하고 싶은데 어떻게 하면 될까요?" 사서는 마침 참여할 수 있는 독서 토론이 있다고 안내했다. 회장님이 전화할 거라고 말했다. 나는 한 줄기 빛을 찾고 있었다. 그 길로 향해 갈 수밖에 없었다. 책이 나의 갈 길을 찾아 줄 수 있을 것 같았고, 심리적 안식처가 될 것으로 생각했다.

방문이 부서졌다. 아이의 주먹 자국이 선명하게 보인다. 손이 얼마나 아팠을까. 둘째 아들 주먹은 단단하기도 하다. 질풍노도의 시기. 문이 세상을 여는 통로가 되었나 보다. 무엇이 고통스럽게 한 걸까? 나는 어떻게 해줘야 할지 몰랐다. 고등학교 삼 학년이 된 둘째 아이는 태평인데 엄마인 나는 걱정이 태산이다. 어쩌다 책상에 앉아 있는 모습이 보이면 내 얼굴에 기쁨의 미소가 번진다. 하지만 금세 내 착각이었다는 걸 깨닫게 된다. 키보드 위의 손놀림을 보면 알 수 있다. 게임하고 있다는 것을. 아들도 학교에 보내야 하고, 나도 핫도그 가게로 출근해야 한다. 그런데 아들은 침대와 한 몸이 되어 누워있다. 그런 모습을 볼 때마다 내 가슴은 두근거리면서 아침이 오는 게 무섭다. 머릿속엔 장사 준비로 꽉 차 있어 늘 초조하다. '아들이 고등학교는 졸업해야 사람 구실하고 살 텐데.'라는 생각을 한다. 아들 방문을 향해 "수빈아, 밥 먹고 학교 가야지."하고 큰 소리로 말해도 기척이 없다. 몇 번을 불러도 못 들은 척 이불속으로 파고들었다. 밥을 차려놓고 기다려도 일어나지 않는다. 아들을 바라보다 더 보고 있으려니 속에 천불이 났다.

문을 쾅 닫고 주차장으로 내려간다. 운전석에 앉자마자 아들에게 전화한다. "아들 학교 가야지. 엄마 차에서 기다릴 게 얼른 씻고 와?" 아무 대답도 들리지 않는다. 이놈의 자슥, 내가 학교 가서 공부하는 게 천만번 낫겠어. 젠장, 언제 철이 들꼬. 언제 나올지 무작정 기다리는 수밖에 없다. 10분 뒤 다시 아들에게 전화한다. 신호음만 들릴 뿐 받지 않는다. 시계를 보니 9시 20분 전이다. 학교에 9시까지 가야 하는데 내가 할 수 있는 것이라곤 없다. 아파트 출입구만 계속 쳐다보고 있다가 남편에게 전화한다. 나는 수빈이가 일어난 건지 씻는 건지 전화를 받지 않는다고 울먹이며 말했다. 아직 학교를 못 보냈다는 소리에 전화기 너머로 남편의 고함이 들려온다. "나한테 어쩌라고. 그래도 달래서 학교는 보내야지. 빨리 깨워

자기계발의 미학

봐." 꽥 소리를 지르고 전화를 끊어버린다. 그럼 그렇지, 웬수. 무슨 소리를 듣고 싶어서 전화했을까? 에라 모르겠다. 어차피 9시 전에 학교에 도착하기는 글렀다.

기다리는 동안 아이와 함께 다녔던 어린이집이 생각이 났다. 둘째 아이 여섯 살 때 나는 어린이집 교사였고 아이는 우리 반이었다. 어린이집 가기 전에 아이에게 말하곤 했다. 엄마를 선생님이라고 불러야 한다고. 아이는 고개를 끄덕였다. 어린이집에 가는 동안에도 늦으면 안 된다고 재촉했다. 머릿속에는 일찍 출근해서 해야 할 일들이 많았기 때문이다. 내 아이와 하루 종일 같은 공간에서 지낼 수 있다는 안도감. 육아와 일을 병행할 수 있는 게 큰 장점이었다. 하지만 원장님 보기가 민망할 때가 한두 번이 아니었다. 여섯 살인 우리 아이는 작은 교실에서 슈퍼맨이었다. 친구와 술래잡기하며 책상 위로 의자 위로 날아올라 껑충 뛰어다니며 놀았다. 내 아이가 다른 아이들의 모범이 되었으면 했지만, 나의 바람일 뿐이었다. 여섯 살 아이는 활발하게 뛰어노는 게 당연한데 교사인 나는 아이한테 "하지 마! 그러면 안 돼!"라는 말을 자주 했다. 아이는 엄마와 한 교실에서 생활하는 동안 기분이 어땠을까? 엄마를 뺏기는 기분이 들었을지도, 내 편이 되어 주지 않는 엄마가 원망스러웠을 수도 있겠구나. 바쁘다는 핑계로 아이의 생각이나 감정을 잘 들어주지 못했다. 내 아이를 더 많이 야단쳤고 다른 아이들에게는 부드러운 말로 온화하게 대했다. 우리 아이의 눈엔 내가 어떤 엄마로 보였을까?

아홉 시 십 분 전, 아들이 주차된 차로 걸어오는 게 보였다. 안도의 한숨을 쉰다. 시간이 얼마 남지 않았다. 속력을 내서 아이 학교로 갔다. 우리 둘은 아무 말도 하지 않았다. '아들 학교 가서 공부 잘하고 와. 점심도 맛있게 먹고.' 다정하게 말해주고 싶었다. 그러나 입 밖으로는 아무 말도 나오지 않았다. 나는 매일 아침 학교에 데려다주는 것. 잔소리하지 않는 것. 이런 것들이 아이에게 많은 도움이 되고 있다고 생각했다. 아이를 학교 앞에 내려주고 화가 가라앉지 않은 상태로 가게로 갔다.

어느 날 가게에서 한참 일을 하고 있는데 벨 소리가 요란하게 울렸다. 담임 선생님이었다. "어머님, 수빈이가 학교 담을 넘어가서 담배를 피웠어요." 수화기 너머로 들려오는 소리에 "선생님 무슨 말씀이세요?" 손이 파르르 떨렸다. 가슴이 두근댔다. 무슨 말인지 도무지 이해되지 않았다. "선생님 우리 아이는 담배를 피우지 않아요!" 나는 믿어지지 않았다. "어머님이 아이를 잘 모르시나 봐요." 그래 나는 우리 아이를 잘 모르고 있었다. 어렸을 때부터 담배를 피우면 절대 안 된다고 강력하게 훈육하였기 때문에 담배를 피울 거라고는 상상도 못 했다. 아이는 나를 떠나 세상 밖에 있었다.

미래에 대한 두려움이 밀려왔다. 큰 희망을 품고 가게를 시작하였으나 생각처럼 쉽지 않았다. 가게의 일은 오랫동안 꾸준히 할 수 있을 것 같았다. 꿈을 깨고 현실을 깨닫는 건 그리 긴 시간이 걸리지 않았다. 나는 무엇을 위해 이렇게 하루 종일 동동거리며 일하고 있는 걸까? 무엇을 할지, 무엇을 하고 싶은지. 내가 하고 싶었던 일이 맞는지 잘 모르겠다. 육체적 고통과 정신적 고통으로 나는 가야 할 방향을 잃어가고 있었다.

첫 독서 모임에서 자기 소개하는 시간이 있었다. "저는 지금까지 책을 읽지 않았어요. 그리고 말주변이 없어요. 이곳에서 책을 읽고 싶고, 토론하며 말을 잘하고 싶어요."라며 간절한 소망을 갖고 떨리는 목소리로 말했다. 불끈 쥔 두 주먹이 땀으로 젖어있다. 나는 자신도 없고 긴장도 많이 되었는데, 다른 회원들은 당당한 것처럼 보였다. 책 내용도 다 이해하는 듯했고, 논제에 대해 다양한 의견도 제시하였다. 어쩜 저리도 말을 잘할까. 같은 책을 읽었는데도, 그들이 말하는 내용을 듣고 있으니 나는 전혀 생각하지 못했던 감상 평가였다. 목이 타는 듯해서 책상 위에 놓인 물병을 들고 한 모금 들이켰다. 일 년 동안 계획되어 있는 책을 보니 제목은 많이 들어보았던 문학전집이었다. 내가 이 책들을 읽어 낼 수 있을까? 한 치 앞도 보이지 않는 나의 인생에 책은 나침반이 되어 줄 거라는 기대감이 있었다. 시작은 누구나 미흡하고 부족하기에 마련이다. 나도 그랬다. 독서 경험도 부족했고, 이해력도 집중력도 어느 하나 만족할 만한 수준이 아니었다. 무엇보다 아이와의 심리적 갈등으로 인해 위안받을 곳이 필요했다. 그래서 열정이 더 끓어올랐는지 모른다. 삶에서 자주 만난 막막함과 절망감. 누구나 인생에서 그런 때를 만난다. 책 읽고 공부하고 노력하는 순간들은 결국 고난과 역경에서 비롯되는 게 아니겠는가. 시련 덕분에 나는 성장에 대한 강한 열망이 있었다.

내 인생의 터닝포인트

김태경

우편물을 한 움큼 꺼내 2층 사무실로 올라왔다. 과태료 고지서가 보였다. 손이 떨렸다. 금액이 얼마였는지 뭐 때문인지는 기억나지 않는다. 자격증 등록을 빠뜨렸다는 것밖에. 건설업 업무는 낯설다. 알려주는 사람도 물어볼 사람도 없다. 인터넷에 검색해 보고 해당 기관에 전화해서 물어봐야 했다. 어쩌지? 과태료를 내가 부담하고 숨길까 아니면 사실대로 말할까. 몇 시간을 갈등 후 실수를 인정하기로 했다. 숨 한번 깊게 들이마시고 부사장실 문을 노크했다. 가슴이 콩닥콩닥 뛰었다. 손바닥에 땀이 배었고 얼굴에서 열이 났다. 문을 열고 들어가 책상 위에 조심스럽게 결재판을 놓았다. 제가 어찌어찌해서 과태료가 나왔습니다. 앞으로는 이런 일 없게 하겠습니다. 죄송합니다. 라고, 재빨리 떨리는 목소리로 말했다. 고지서를 자세히 보더니 납부하고 신고 제대로 해 놓으라고 했

자기계발의 미학

다. 마음이 놓였다. 이렇게 한고비 넘겼다.

　10년 넘게 제조업 회계업무를 담당했다. 안정된 환경에서 근무하던 중 회사는 건설업을 추가했다. 직원을 채용하지 않았기 때문에 내 업무가 늘어났다. 하나의 업무를 끝내면 줄줄이 비엔나처럼 다음 할 일이 기다리고 있었다. 작은 아이가 초등학교 2학년 되었을 때 어렵게 취업에 성공했다. 결혼 후 10년 동안 살림하고 육아하다 보니 세상은 변해 있었다. 손가락으로 계산기 두드리고 글씨 쓰던 시절과 다르게 모든 업무를 컴퓨터로 처리하고 있었다. 업무에 필요한 자격증을 취득했지만, 일할 곳을 찾기란 쉽지 않았다. 경력이 없다는 이유였다. 아침마다 아파트 베란다에 나가서 바쁘게 출근하는 사람들을 봤다. 어느 날 출근해 달라는 전화를 받았다. 경력 없는 나를 채용해 주어 감사했다. 일할 수 있다는 게 좋아 다른 사람이 귀찮아하는 일 도맡아 했다. 그런데 이제 마음과 달리 체력에 한계가 느껴진다. 생소한 업무가 생기면 머리가 멍해졌고 집중이 안 된다. 한 가지 업무를 마무리하려면 예전보다 시간이 두 배는 걸린다. 마감일까지 책상 한쪽에 밀어두었다가 급하게 처리하는 게 습관이 되었다.

　눈 감았다 뜬 거 같은데 아침 다섯 시 반이다. 일어날까 말까 망설일 여유조차 없다. 나는 반쯤 감겨있는 눈을 억지로 뜨고 일어나 주방으로 간다. 전날 잠들기 전에 만들어 놓은 국을 데우면서 냉장고 문을 연다. 김치, 멸치볶음, 김, 두부조림 등 밑반찬을 꺼내 아침상을 차린다. 강아지도 따라 나와서 잔뜩 기대하는 눈으로 나를 쳐다보며 앉아 있다. 좋이 밥을 챙겨주고 배변판 패드도 갈아주면서 아이들 이름을 번갈아 가며 부른다. 일어날 때까지 일이 분 간격으로. 이불을 얼굴 위까지 뒤집어쓰는 딸과 달리 아들은 한 번 부르면 벌떡 일어나서 침대에 걸터앉는다. 그런 아이가 대견하고 뿌듯하기만 했었다. 성인이 된 아들이 "엄마, 나는 학교 다닐 때 엄마가 아침에 깨울 때가 제일 싫었어!" "엄마는 내가 일어날 때까지 계속 이름을 불렀잖아. 그 소리가 싫어서 얼른 일어났어."라고 말하기 전까지는.

딸아이가 미용을 전공하고 싶다고 해서 인천에 있는 고등학교로 진학하게 되었다. 집 근처에서 통학 버스를 타고 다닐 수도 있지만 편도 한 시간 넘게 걸렸다. 그래서 시흥과 인천의 중간 지점인 부천으로 이사했다. 둘째 아이가 다니고 있는 중학교와 내 직장은 시흥에 있었다. 자연스럽게 내가 출근하면서 학교 앞까지 데려다주었고 퇴근길에 같이 왔다. 회사에서 쉴 틈 없이 일하고 퇴근하면 저녁 준비하고 먹고 치우고 반복이다. 책이라도 읽으려고 하면 얼마 지나지 않아 눈이 감겼다. 잠은 부족했고 양어깨는 누가 누르고 있기라도 한 듯 무거웠다.

그즈음 친정 오빠의 사업 제안은 내 인생 한 줄기 빛이었다. 방사선사로 근무하던 오빠는 친구가 운영하는 주방가구 제조 회사에서 근무하고 있었다. 현장에서 기술을 익힌 후 영업 사원으로 일한 지 일 년 정도 되었다. 주방가구 제조업은 앞으로 성장 가능성이 높은 사업이라며 독립할 예정이라 했다. 자금이 마련되는 대로 시작할 테니 나보고 같이 하자고 했다.

"현장 관리 직원 관리는 내가 다 할 테니까 너는 사무적인 부분만 맡아줘."

오빠가 모든 걸 관리하고 영업까지 한다고 하니 믿음이 갔다. 사업 자금은 내가 준비하기로 하고 진행하기로 했다.

다니던 회사에 사직서를 냈다. 후임자가 출근하기 시작했고 한 달 정도 인수인계를 해 준 후 퇴사했다. 내 이름으로 공장을 계약했다. 사업자등록증도 신청했다. 남편의 도움으로 대출도 받았다. 퇴직금과 그동안 모아놓은 돈을 보탰다. 전화와 인터넷을 신청하고 카드 가맹점 신청도 했다. 해야 할 일들을 메모해 놓고 하나씩 지워가며 준비했다. 시간 가는 줄 몰랐다. 오랜만에 피곤하지 않았다. 나는 공장과 사무실을 쓸고 닦았다. 화장실도 세제를 풀어 청소했다. 오빠는 싱크대 만들 때 사용하는 합판을 기계로 잘라 책상을 만들었다. 책꽂이와 서랍도 만들고 수납장도 만들었다. 손님용 테이블과 의자는 가구점에 가서 샀다. 군대 간 아들이 쓰던 컴퓨터를 사무실로 가져갔다. 속도가 느려 제대하면 사주기로 약속했기 때문이다. 최소한의 자본으로 시작했으니 어떻게든 돈이 들지 않는 방법을 찾았다. 직원도 채용했다. 어느 정도 준비가 되었고 현장에서 기계 돌아가는 소리가 들리기 시작했다.

사람들이 검색해서 찾아올 수 있도록 인터넷에 회사 등록을 했다. 블로그도 쓰기 시작했다. 처음 써보는 블로그다. 블로그 강의를 찾아서 들었다. 이틀에 하나씩 쓰다 보니 얼마 지나지 않아 제법 글 개수가 늘어났다. 블로그 쓰는 재미에 빠져있을 때 친하게 지내는 동생한테 전화가 왔다.

"언니, 사업을 하려면 인스타그램도 해야 해. 무료 교육 있는데 우리 같이 들으러 가자."

서울에 있는 교육장에 도착했다. 두 시간 동안 인스타그램 가입하는 방법과 게시물 올리는 방법 등을 배웠다. 교육이 끝나고 동생과 저녁으로 조개구이를 먹으면서 숯불에 조개가 구워지고 있는 동영상을 촬영했다. 인스타그램에 올렸다. 그걸 시작으로 공장에서 제작하고 시공한 주방 사진들을 블로그와 인스타그램에 올렸다. 얼마 후 스마트스토어도 만들고 싶었다. 전문가의 솜씨를 빌리면 인테리어가 멋진 스토어가 될 것이다. 하지만 그렇게 하면 상품을 등록하거나 수정할 때마다 다른 사람의 손에 맡겨야 한다. 멋스럽지 않아도 내 손으로 만들고 싶었다. 인터넷으로 검색하고 유튜브 영상을 보면서 공부를 시작했다. 스마트스토어에 가입하고 통신판매업 신고도 했다. 전시장에 있는 싱크대 사진을 촬영했다. 간단한 영상도 만들었다. 사진을 올리고 상품 설명도 쓰면서 스마트스토어 '태경 싱크대 제작소'가 완성되었다. 1년 동안 하나도 팔리지 않았다. 금액이 많다 보니 선뜻 구매 버튼을 누르지 못하나 보다. 잊고 있을 즈음 주문이 들어오기 시작하고 후기가 쌓이더니 요즘은 제법 팔리고 있다.

사업하면서 설레었다. 집 짓는 것 같았다. 머릿속이 뿌옇고 힘이
하나도 없었을 때, 그대로 멈춰 있었더라면 지금 나는 어떤 모습일
까? 친정 오빠가 사업을 제안하지 않았더라면? 피곤이 확 사라지
는 듯했다. 머리도 맑아졌다. 하나씩 알아가는 과정이 뿌듯했다.
나는 또 뭘 할 수 있을까?

나를 키우는 느린 아이

손청희

　'발달장애'란 말은 처음이었다. 첫 손주 용이를 두고 하는 말이다. 성장이 느린 거라고 했다. 느린 아이도 있지. 만 세 살도 채 안 됐는데 뭐가 어때서. 네 살이 되고 다섯 살이 되면 괜찮을 줄 알았다. 시간이 지나면서 뭔가 잘못되었다는 걸 알았다. 속으로는 '그럴 리가 없어' 하면서도 유튜브와 책을 자꾸 찾아보게 되었다. 믿을 수 없었다. 어떻게 이런 일이. 소통이 어렵다니 겁났다. 사회생활이 불편하다니 슬펐다. 원인을 알 수 없다니 화가 났다. 신의 영역이란다. 억울하기까지 했다.

　어느 날 딸이 말했다. "엄마, 어린이집 선생님이 용이가 다른 아이와 좀 다르다고 병원에 한 번 가보라네." 뭐가 어떻게 다른데? 이렇게 잘 웃고 잘 노는데. 용이 볼에 뽀뽀를 쪽쪽 해 댔다. 요즘 젊은 사람들은 괜히 일을 만들고 그래. 까맣게 잊고 있었는데 어린이 집 원장 선생님의 전화를 받았다.

"저 용이 할머니, 용이가 혼자서만 놀고 친구들과 어울리지도 않고 그림도 잘 안 그려요. 아무래도 검사를 한번 받아 봐요."
"아, 네 걱정하지 말아요. 원래 식구들이 다 그래요."

혼자 노는 건 별문제가 아니라고 생각했다. 딸도 그랬고, 남편은 지금까지도 혼자서 잘만 노는데. '귀신 씨나락 까먹는 소리 하고 있네.' 씩씩거리며 휙 전화를 끊었다. 그리 오래 지나지 않아 나의 당당함과 오만함과 자신감은 말라 비뚤어진 고구마 줄기처럼 쭈구리가 되었다.

용이는 놀 때 자동차를 빨강 노랑 파랑 색깔 맞춰 한 줄로 세워 놓았다. 코끼리 송아지 기린 등 동물들도 일렬로 세웠고 책도 다 나열시켰다. 난 그렇게 노는 게 보기만 좋았는데 그게 문제란다. 부산스럽게 뛰놀고 어지럽히고 소란스러운 것도 좋지 않단다. 머슴아들이 노는 게 다 그렇지. 별일이었다. 운동장에서나 모래밭에서도 머리에 모래를 뿌렸다. 모래는 눈에 들어가면 아파서 병원에 가야 하니 그러면 안 된다고 해도 잘 고쳐지지 않았다. 가위질도 못 했고 대소변도 다섯 살이 되어서 가릴 수 있었다. 무엇이든 시간이 걸리는 아이를 보며 내 속은 까맣게 타들어갔다. 용아, 오늘 뭐 먹고 싶어 어디 갈까? 이거 좋아? 저건 어때? 물어도 대답이 없었다. 돌아오지 않는 메아리를 기다리는 이 할미도 가슴이 미어지는 데 부모의 마음은 오죽할까? 얼마나 애가 탈까 하늘이 원망스러웠다.

이 병원 저 병원을 쫓아다녔다. 1년을 넘게 기다려서 인지도가 높은 전문가 선생님을 만났다. 이번엔 뭔가 새로운 해법이 나오기를 간절히 바랐다. 가족들은 모두 용이가 좋아지기를 기대했지만 별로 다를 게 없었다. 상실감은 이루 말할 수 없었다. 일상은 늘 같은 패턴으로 돌아갔다. 점점 힘이 빠지고 웃음을 잃어가는 모습이었다. 나와 남편한테는 아무 권한이 없었다. 모든 것은 부모만 결정할 수 있고 부모만 의견을 낼 수 있었다. 가만 보고만 있어야 했다. 할 수 있는 일이라곤 딸을 도와주는 것밖에 없었다. 가끔 음식을 해 주고 청소해 주고 손잡아 주었다. 등 만져주고 쓸어주는 게 전부였다.

딸네 가까이 이사를 했다. 크고 넓은 공원이 많아서 좋았다. 가까이에 바다도 있고 공항도 있다. 토요일과 일요일은 용이를 데리고 자연을 찾아다녔다. 새로운 곳을 자꾸 경험해 주면 좋다고 했다. 할아버지는 공항에 가서 놀았다. 나는 갯골과 바닷가 넓은 공원을 주로 다닌다. "용아, 오늘은 어디로 갈까?" "갯골" 하면 갯골로 가고 "인천대공원" 하면 인천대공원으로 갔다.

일곱 살 때 인천대공원에서의 일이다. 우리가 자주 노는 곳이다.

자기계발의 미학

미끄럼틀은 첫 번째로 좋아하는 놀이기구다. 타고 내려오려고 높은 곳에서 차례를 기다리는 용이를 봤다. 나는 통로를 통해 나오는 구멍으로 뛰어와 기다리고 있었다. 내려올 때가 되었는데 용이가 내려오질 않았다. "용아, 용아!" 불러도 보이지 않았다. 위에도 아래도 아무리 봐도 없었다. 뛰어오는 사이에 내려와 버렸다고? 설마 그럴 리가. 놀이터를 몇 바퀴 돌면서 살펴보아도 연기처럼 사라졌다. 몸이 파르르 떨리면서 안절부절못했다. 오늘따라 이름과 전화번호가 적혀있는 목걸이 팔찌도 하고 오지 않았다. 머릿속이 하얘졌다. 이쪽저쪽 사람들을 매의 눈으로 스캔했지만 용이는 없었다. 딸에게 전화해서 상황 이야기를 했다. "엄마, 침착해. 별일 없을 거야, 공원이 크고 사람이 많아서 그래. 공원 안에 있으니까 괜찮아. 공원 안내에 연락해서 방송하는 게 좋을 것 같아. 내가 지금 빨리 갈게." 딸의 목소리는 의연했다. 늘 가는 길 호수 쪽으로 가려다 아냐 아직 여기까지 못 왔을 거야. 운동장을 아무리 살펴봐도 없었다. 놀이터에서 크게 벗어나지는 않았을 것이다. 다시 놀이터 근처에 와서 사람들한테 스마트폰에 있는 용이 사진을 보여주면서 묻고 다녔지만 못 봤다는 대답만 돌아왔다. 자주 가는 연못 편의점에도 없었다. 방송으로 알려야겠는데 어디다 전화를 해야 하는지 몰랐다. 지나가는 엄마들 무리를 붙잡고 사정 이야기를 했다. 마침, 한 엄마가 자기 남편이 경찰이라며 신고를 해 주겠다고 했다. 얼마나 고마운지 몇 번이고 절을 했다. 용이의 옷 색깔 키 나이 신상을 얘기했다. 전화가 몇 번 오고 가더니 신고가 되었다고 했다. 몇 분 후 경찰차가 왔다. 그제야 안심이 됐다. 애써 마음을 가라앉혔다. 경찰관은 나를 처음 용이와 있었던 곳에 가 있으라고 했다. 놀이터에 막 도착하니 전화가 왔다. 용이 같은 아이를 편의점에서 봤다는 연락을 받았다. 아까 내가 갔었을 때 없었는데? 우사인 볼트만큼이나 빠른 속도로 뛰어갔다. 우리 용이는 편의점에서 해맑게 웃으며 과자를 먹고 있었다. 옆에는 장난감도 몇 개 있었다. 와락 꼭 껴안았다. 할머니와 숨바꼭질을 하다가 들켰다는 표정이었다. "용아, 할머니가 언제 오나 기다렸어?" "잘했어, 파이팅 하자!" 우린 손바닥을 힘차게 마주쳤다. 주위 사람들의 눈초리나 말에는 아랑곳하지 않았다. 편의점 주인한테는 장난감과 과잣값으로 이만 사천 원을 계산하고 편의점을 나왔다. 그날 밤 쉬이 잠이 오지 않았다. 나도 모르게 눈물이 흘렀다. 신고해 준 엄마한테 고맙다는 말도 못 한 게 생각났다. 감사의 인사를 기도로 대신했다.

4년째 접어들었다. 나를 성장시키는 공부를 하고 있는 것은. 모두 용이 덕분이다. 뭔가를 해야 했다. 새벽 기상을 하면서 책을 읽고 감사 일기를 쓰고 긍정 확언을 하고 스트레칭을 한다.

쇼펜하우어는 명랑해야 잘 살 수 있다고 한다. 명랑의 기질을 가지고 있으면 힘든 고통을 줄일 수 있다고도 했다. 행복은 돈이 많고 가진 게 많아서가 아니라 마음이 편안해야 행복한 거라고. 신은 힘을 주는 게 아니라 용기를 내어야 할 두려운 상황을 준다고 한다. 용이와 내가 함께 걸어가는 세상에서 고난과 역경

을 많이 만날 것이다. 두렵지 않다. 함께라서. 모두 극복해 나갈
것이다.

당신에게 힘이 되고 싶어요

신승희

수술실 전광판에 남편 이름이 떠 있다. 남편은 수근관 증후군으로 수술받고 있다. 아이 둘을 낳은 성인이지만 내가 어른의 보호자로 서 있던 최초의 순간이었다. 나는 누군가의 보호자로 온전히 있을 만큼 든든한 어른인가 하는 생각이 스쳐 지나갔다. 수술이 빨리 끝난다고는 했지만 걱정되는 건 어쩔 수 없었다. 아이들은 이웃 엄마가 돌봐주기로 했다. 얼마 후 양손에 붕대를 감은 남편이 수술실 밖으로 나왔다. 다행히 수술은 잘 되었고 회복도 빨랐다. 보호자라는 이름으로 서 있었을 뿐 내가 한 것은 없었다.

코로나로 하늘길이 닫혔을 때다. 남편이 근무하는 명동권 비즈니스호텔의 주 이용 고객은 일본과 중국인이다. 그 외 해외 여러 나라 사람들과 내국인들 순이었다. 비행기가 뜨지 못하니 투숙할

자기계발의 미학

고객이 없어 텅 빈 호텔이 되었다. 근무 일수가 한 달에 반으로 줄었다. 수당을 제외한 기본급의 70%만 임금 지원을 받았다. 감봉된 월급도 몇 개월 받지 못하고 결국엔 퇴사 권유를 받게 되었다. 코로나 팬데믹으로 해외와 국내 모두 마스크를 쓰고 사회적 거리 두기를 시행했다. 국내 여행 호텔권도 전부 운영 정지되었다. 호텔 관련 직종으로는 취업을 할 수 없는 상황이었다. 남편의 의지와는 상관없이 건설 현장 일을 시작할 수밖에 없었다. 책임감 강했던 남편은 처음 해 보는 일이지만 성실하게 배워 나갔다. 시멘트벽에 전동드릴로 구멍을 뚫는 코어 작업이 주 업무였다. 단단한 벽을 뚫는 기계의 떨림이 손과 손목에 고스란히 전달되는 일이었다. 처음에는 안 해 본 일이라서 손목에 통증이 오는가 싶었다. 아직 단련이 덜 되었고, 일의 강도가 워낙 센 일이니까. 그렇게 새벽 5시에 나가서 저녁 7~8시에 집에 들어오곤 했다. 근무 일수가 한 달 두 달 지나가면서 점점 손목의 통증을 견디기 힘들다고 했다. 작업을 하지 않고 있는 순간에도 손목에선 떨림과 저림이 계속된다고 했다. 버티며 다니다 더는 손을 쓸 수 없어 병원을 찾았던 것이다. 적응이 되지 않는 이상 그만둘 수밖에 없다는 판정을 받았다. 그렇게 한 손부터 시작되었던 통증이 양손 모두에 나타났다. 손을 이제 쓸 수 없게 되나 두려움이 컸던 남편은 일의 적응보다 수술을 선택했다. 결국 코어 일은 접게 되었고, 손에 직접 기계를 들고 하는 작업은 선택지에서 제외했다. 이것저것 일을 빼고 나니 할 수 있는 것이 없었다. 새로운 업무 능력을 갖추기 위해 몸에 직접 영향을 주지 않는 지게차운전과 굴삭기운전기능사 자격증을 땄다.

터널을 언제쯤 벗어날지 오리무중이었다. 남편의 직업이 불안정해지자 나도 마냥 배움을 취미생활로만 하면 안 되었다. 서점 근무는 출산을 하며 그만두었다. 그 이후 육아를 하면서 한식조리기능사, 독서논술지도사 등 내가 할 수 있고 아이에게 필요하다 싶은 자격증을 취득했었다. 배운 것을 토대로 실제 수업을 다니며 적지만 경제적 보탬을 주고 싶었다. 돌도 안 지난 둘째까지 어린이집에 보내며 수업을 준비하고 나가다 보니 일이 힘든 건지, 육아와 수업 준비가 서툴러서 힘든 건지 구분이 안 되었다. 이렇게 계속 살 수는 없다. 내가 할 수 있는 일과 어려운 일을 구분해 보았다. 게다가 코로나 팬데믹으로 인해 사회적 거리 두기가 시행이 되어도 계속할 수 있는 일을 찾아야 했다. 내가 가진 재능으로 시작할 것. 앞으로 성장 가능성이 열린 영역일 것. 딱히 대안이 떠오르지 않았다. 내 신체부터 점검해 보았다. 볼 수 있는 눈, 들을 수 있는 귀, 읽을 수 있는 입, 쓸 수 있는 손, 걸어 다닐 수 있는 다리. 가진 것부터 하나하나 점검하다가 '그래. 나 끄적이는 것은 잘 한다'고 했지. 지루함 없이 할 수 있는 일이라서 흐뭇했다. 여성새일센터에서 받은 적성검사 결과에서도 예술 지능이 높았기 때문에 자신감을 더해서 결정을 내렸다. 바로 캘리그라피!

내게 꼭 맞는 직업을 드디어 찾았다. 배우자마자 돈을 벌 수 있는 것은 아니었다. 손에 금방 익혀지는 일도 아니다. 하지만 앞으로 계속 성장하며 우리 가족의 경제에 도움이 되는 영역이라고 판단했다. 아이들을 돌보면서도 배워 나갈 수 있고, 훈련할 수 있는

자기계발의 미학

시간을 내가 조절할 수 있다. 끊임없이 계속 새롭게 배워 나가며 성장해 가는 일이다. 나에겐 지루하지도 않고 다양하게 적용해서 확장할 수 있는 일로 보였다. 작업한 작품들을 온라인에서 팔 수도 있다. 교재로 만든 책은 꼭 대면 수업을 하지 않아도 수입원이 되는 일이다. 오래 해도 꾸준하게 헤나갈 수 있는 일이라 여겼다. 내가 그만두지 않는 이상 주변의 환경으로 인해 일을 그만두는 직업은 아니라고 생각했다.

광명에서 시흥으로 이사를 왔다. 기획 도시라면 뭐든 좋을 것 같은 기대감이 있었다. 나 역시 그랬다. 생각과 달리 아직 도시 조성이 완성되지 않아 주변은 허허벌판이었고 편의시설을 이용하려면 한참을 걸어야 했다. 아이들이 아프기라도 하면 걱정이 두 배가 된다. 열이 40도가 넘는 두 아이를 유모차와 킥보드를 이용해 동시에 병원으로 데리고 가는 길은 너무나 힘겨웠기 때문이다. 그러니, 두 아이를 데리고 다니려면 운전이 필요한 상황이었다. 속도를 내고 차선을 변경하는 것이 두렵지만 운전을 다시 배워야만 했다. 결핍은 배우게 한다. 그렇게 직장 다닐 때 도로 주행에서 불합격을 받은 뒤 잊고 있던 운전면허를 엄마가 되어 취득했다. 남편은 가계 경제가 좋지 않아도 기꺼이 배우는 비용을 투자해 주었다. 캘리그라피 교육기관은 자동차로 이동하면 30분 정도 소요되는 곳에 있었다. 다시 딴 운전면허증이 일의 가속도를 불어넣어 주었다. 남편은 운전을 두려워하는 나를 위해 옆자리에 앉아 길을 안내해 주었다. 남편 손이 다 낫지는 않았지만 든든했다. 세 번의 동행 수업 후 혼자서 장거리 운전을 하기 시작했다. 내비게이션이 안내해 주는 빠른 길이 아니라 느려도 남편과 함께 다녔던 익숙한 길로만 운전했다. 편안함에 심장박동수도 잦아들었다. 차근차근 내가 익힌 길로 들어서는 것은 자신감을 올려주었다.

 삶의 길은 수만 가지일 거다. 천천히 나의 속도 대로 가고자 하는 목적지까지 가면 되는 것이다. 내 삶의 목적지는 어떤 일이 있어도 가족이 기댈 수 있는 존재로 거듭나는 것이다. 코로나 팬데믹으로 인한 남편의 퇴직과 손목 수술은 내가 어떻게 살아야 하는가를 숙고하게 했다. 가족의 보호자가 되는 것은 책임을 해낼 때 비로소 완성되는 것이 아닐까. 느리지만 새로 시작한 캘리그라피를 통해 든든한 버팀목이 되어가고 있다.

자기계발의 미학

발자국을 선명하게

양은영

서른아홉 살 가을, 오빠가 강의를 추천해 주었다. 무려 30만 원 짜리. 가기 싫다고 해봤지만 막무가내였다. 들어보면 좋을 거라고. 어쩔 수 없이 시흥에서 양재동까지 강의를 들으러 갔다. 〈됨연구 소〉라는 교육장에 들어섰더니 사람들이 가득했다. 이 시간에 왜 여기 다들 모인 것일까. 호기심이 살짝 생겼다. 의자를 뒤로 쭉 빼고 팔짱을 낀 채 귀와 눈을 열었다.

"양은영 리더님, 당신의 꿈은 무엇입니까?"

꿈이라니. 마흔을 앞둔 내겐 너무 낯선 질문이었다. 살아내기도 바쁜 세상에 꿈이 뭐냐고 대체 왜 물어보는 것인지. 지금 당신에 게 꿈이 뭐냐고 물으면 어떤 대답을 하겠는가.

"마당이 넓은 집을 사서 한쪽에 가족 박물관을 지을 거예요. 그곳에 삼 형제의 성장 과정을 멋지게 전시할 겁니다. 제 꿈은 아이들이 원하는 삶을 살도록 훌륭하게 키워내는 것이에요."

"아니요. 아이들 꿈이 아니라 본인의 꿈이요."

"그게 제거에요. 그것 말고는 없어요."

꿈이 사라졌다. 아이들의 꿈이 내 것인 듯 살았다. 도둑맞은 나의 꿈, 과학자가 되어 건강한 세상을 만들고 싶었다. 그 꿈을 이루겠다며 10년을 공부했다. 전문가라는 타이틀이 붙고 지식도 충분히 축적되는 짧지 않은 시간이다. 스무 살에 그렸던 찬란하게 빛날 미래에는 결혼과 출산, 육아 전쟁은 없었다. 내 인생 설계에 예측하지 못한 시나리오가 추가된 것이다. 결혼과 함께 시작된 서른 살의 삶에는 참아야 하는 일이 많았다. 시댁 가족이 생기면서 며느리의 역할이 추가되었고, 엄마가 되면서 책임감이 더 커졌으니까. 남자들이 군대 생활을 떠올리기 싫듯이 나 역시도 그 시절을 끄집어내고 싶지 않다. 슈퍼마켓을 가야 할 때를 제외하고는 집 밖으로 나오지 않았던 때가 있었다. 자다가 벌떡 일어나 엄마한테 가고 싶었던 밤이 수없이 반복되었다. 여자가 더 똑똑하면 안 된단다. 실험실에서 늦게 끝나는 날이면 '남편 저녁 안 챙긴다'고 야단맞았다. 걱정하지 말라고, 공부 다 마칠 수 있게 해준다던 상견례 자리에서의 약속은 지켜지지 않았다. 큰아들을 낳고 나의 꿈은 미완성으로 끝나버렸다. 박사 학위를 받기 위해선 아기를 돌봐줄 사람이 필요했다. 남편 월급 120만 원, 내가 학교에서 받는 장

학금 월 80만 원, 200만 원으로는 한 달 생활하기도 빠듯했다. 과학도의 학업을 포기하고 육아를 선택할 수밖에 없었다. 육아를 잘해야겠다는 책임감만 남고 할 수 있는 것이 없다고 느꼈던 서른두 살의 나. 10년을 채웠던 지식은 어디론가 사라지고, 생각 없이 사는 대로의 삶이 이어졌다. 어느 날 대학교 지도 교수님께 전화가 왔다.

"은영아, 박사 학위 받았지? 우리 같이 일하자!"

너무나 반가운 제안이었지만 눈물만 주르륵 흘렀다.

"교수님, 저 학위 못 받았어요. 아들이 하나가 아니라 셋이 되었어요."

잠깐의 침묵이 흐른 뒤, 교수님이 말씀하셨다.

"아이들 잘 키우는 것도 보람되고 애국하는 길이다. 은영아, 잘 지내고, 가끔 소식 전해줘라. 끊는다."

가슴이 쓰렸다. 혹시나 하는 한 올의 기대감마저 없어졌다. 과학도의 꿈은 이제 이룰 수 없는 첫사랑처럼 끝났다. 그래 양은영은 신들의 맘(삼 형제는 유신, 명신, 순신이라는 첫 이름을 선물 받았다)으로 살면 되지! 아이들의 삶을 지지하는 후원인의 삶이 내 인생의 목표로 탈바꿈하는 순간이었다. 신들의 맘이라는 닉네임으로 인터넷 맘카페에서 속앓이를 나누며 그럭저럭한 삶을 살아냈다. 이런 내게 당신의 꿈은 무엇입니까?라는 질문은 잠을 빼앗았고, 꿈꾸는 나로 되돌려주었다.

'나는 누구일까. 내 삶의 사명감은 뭐지?' 책을 찾아 읽기 시작했다. 책상 위에 책이 한 권, 한 권 쌓였다. 온라인 서점 장바구니에 담긴 책이 늘어났다. 읽고 또 읽고. 동기부여가 되는 책들은 많았지만 살아가는 이유를 명확하게 찾아줄 책은 없는 듯했다. 그러다 책장 끝머리에 방치되어 있는 책이 눈에 들어왔다. 꺼낼까. 완독까지 적어도 두어 달은 족히 걸릴 것 같아서 갈등 되었다. 번역이 안된 외국 서적이라 영어사전 검색이 필수 코스다. 데니스 웨이틀리의 ≪The new psychology of winning≫이다. 매일 한 페이지씩 읽어보기로 했다. 쉽지 않은 모닝 독서가 시작되었다. 노력이 하늘에 닿았을까. 드디어 찾았다. 사람이 지구에 온 이유는 자신의 발자국을 남기기 위함이란다. 나는 무엇을 남기고 떠날 것인가. 어떤 발자국을 남길까. 내 삶의 가치를 찾는데 4년이 넘는 시간이 그 뒤로도 흘렀다. 2018년 5월, 선명하게 남길 발자국을 찾았다. 둘째 아들이 처음으로 꿈이 생겼다며 야구 선수가 되고 싶다 했다. 늘 뒤에서 양보부터 했던 아들이라 기쁘면서도 돈을 생각하니 마냥 좋지만도 않았다. 쉬운 길은 아니니 신중히 결정하자며 한 달 뒤 가족회의로 대답을 미뤄두었다. 아이의 꿈을 선뜻 들어줄 수 없는 나를 보면서 꿈을 포기할 수밖에 없었던 때가 생각났다. 내 아이의 꿈을 지켜주고 싶었다. 하고 싶은 것이 많으나 가난 때문에 꿈을 펼치지 못하는 청년들을 돕고 싶은 간절함이 생겨났다. 내가 남길 발자국은 꿈꾸는 청년들의 키다리 아줌마다!

마흔세 살에 찾은 꿈을 이루기 위해 돈을 많이 벌어야 했다. 시간에 비례해서 받는 월급이 아니라 시간과 돈을 분리할 수 있는 직업을 찾았다. 이 일에서 성공하기 위해 태도의 변화가 필요했다. 더 멋진 사람으로 탈바꿈하는 자기계발의 노력이 시작되었다. 꿈으로 가는 여정의 첫 성과로 우리 아이들의 키다리 아줌마가 되었다. 큰아들은 프로그래머가 꿈이다. 열세 살부터 많은 수업료를 지출해야 했다. 지금은 스무 살이 되어 꿈의 길을 걷고 있다. 둘째 아들 덕분에 야구에 입문한 막내는 야구 선수의 꿈을 키우며 중학교 야구부에서 활동 중이다. 둘째는 야구 선수를 포기하고 또 다른 호기심 발동으로 돈을 쓰는 중이다. 삼 형제의 꿈 지원비는 엄청나다. 그들의 후원인으로 내 사명감의 일부를 실천하고 있다.

어린 시절에는 부모님이 바라는 모습대로, 선생님이 바라는 모습대로 살아간다. 성인이 된 후 사회적 가치가 바라는 대로 살게 된다. 나의 삶도 그렇게 흘러가나 했다. 그러나 삶은 고정값이 아니라 계속 변한다. 소명을 찾으면 포기를 모르고 그 길에서 벗어나지 않기 위해 자신을 깨우게 된다. 나를 바로 세우는 자기계발을 위해 기꺼이 시간을 쓰게 된다. 내 삶이 2편, 3편, 시리즈로 쭉 펼쳐질 것을 상상하니 행복하다.

돌파구가 필요해

어수혜

월요일 아침 일곱 시. 침대에 누워 천장만 멀뚱멀뚱 바라보았다. 지금 일어나야 지각을 안 하는데 몸이 왜 이리 무거운지 기운이 하나도 없다. 어젯밤도 괜한 생각들로 뒤척이다 자서 그런가 또 이러네. 탁자를 더듬어 안경을 찾아 쓰고 몇 분을 더 누워있다가 몸을 일으켜 욕실로 걸어갔다. 세수하고 얼굴을 닦은 뒤 고개를 들었다. 거울 속에는 푸석하고도 무표정한 얼굴이 보였다. 내가 아닌 것처럼 느껴졌다. 소파에 털썩 앉자마자 지난주에 회사에서 못 마치고 온 일들이 떠올랐다. 쉬어도 쉬는 게 아니었구나. 휴우. 입에서 나도 모르게 한숨이 흘러나왔다. 시원한 물 한 잔을 마시고 싶기도, 그냥 이렇게 주저앉아 있고 싶기도 했다.

아침을 차려놓고 자는 아이들을 깨웠다. 나보다 출근 시간이 빠른 남편은 옷을 다 입고 나와 아침을 먹었다. 아이들이 일어나든

자기계발의 미학

말든 신경 쓰지 않았다. 깨워놓은 아이들은 또 누워버렸다. 부랴부랴 옷을 입으며 계속 아이들 이름을 불렀다. '바쁜데 진짜 이러기야!' 하고 버럭 큰소리를 냈다. 그러나 억지로 일어나 아침을 먹는 아이들을 보니 이내 미안해졌다. 학교에 늦지 말라고 곱씹어 아이들을 단속하고 문을 나섰다. 운진대에 앉아 시계를 보니 어느새 8시가 다 되었다. 서둘러 자동차 시동을 걸었다.

다행히 늦지 않게 회사에 도착했다. 차에서 내리기 전 심호흡을 한번 하고 어깨를 폈다. 오늘 하루도 잘 지내보자며 마음을 다잡았다. 계단을 올라 사무실 문을 열고 자리에 앉았다. 몇 달 전 주문한 기계가 입고되는 날이다. 중국에서 일억이 넘는 기계를 수입하는 일은 회사도 나도 처음이었다. 소개받은 업체와의 거래였지만 사양, 조건, 결제, 수입통관 등 챙길 업무가 생경하고도 낯설었다. 혹시나 실수가 있을까 놓친 것은 없는지 여러 번 검토했다. 문제없이 오늘 하루가 잘 지나갔으면 했다. 컨테이너가 도착했다. 문을 열었는데 권선기의 축이 컨테이너 벽에 닿아 있었다. 이런 모양새라면 꺼낼 때 망가질 게 분명했다. 큰일 났다. 어쩌지. 눈앞이 하얘졌다. 지게차로도 제대로 꺼낼 수가 없었다. 지게차로 들어 올리고 끈으로 묶어 여러 명이 매달려 겨우 꺼냈는데 몇 부분이 파손되어 있었다.

지켜보던 사장님의 얼굴이 붉어졌다. 낮은 목소리로 "당장 배상 청구해!"라고 했다. 주문부터 입고까지 오롯이 혼자 진행했던 업무였다. 미리 한 번 더 점검했다면 이런 문제는 없었을 거라는 생각이 머리에서 떠나지 않았다. 다 내 탓이라 생각하니 마음이 무거웠다. 이후 배상 청구를 하여 대체 부품을 납품받아 수습한 끝에 겨우 기계를 가동할 수 있었다.

한 회사에서 근속하며 여러 직무를 경험했다. 회사에서 새 품목을 개발하면서 조직도 조금씩 커졌다. 품목이 추가돼도 해오던 업무라 그리 어렵지는 않았다. 하지만 일 처리는 믿을 만한 사람이라는 평가 뒤편엔 이 정도가 한계라는 꼬리표도 붙어 다녔다. 아이 둘을 키우며 회사 생활에 몰두해도 본래 성품이 내성적이기에 다른 팀장들과 친분을 유지하는 게 어려웠다. 공장에 자재 입고가 지연되면 일정을 변경해 달라고 생산팀에 부탁해야 한다. 그러나 막상 회의에서는 협의가 쉽지 않다. 내가 아이들을 챙기느라 부랴부랴 퇴근하다 보니 친분을 쌓을 수 없어서 그런가. 하지만 어쩔 수 없는 부분이었다. 그럴 때면 집에서 기다리는 아이들이 떠올랐다. 자재 사양이 약간 차이가 나도 생산팀에서 조금 양해한다면 사용할 수 있을 때도 있다. 그럼에도 못 쓰겠다고 다시 받아달라고 했다. 혹여나 서로의 개인사나 관심사도 나누는 사이라면 이렇게까지 매정할까. 업무 실수가 사장님한테까지 보고되었다. 괜히 나에게만 까다로운 잣대가 드리워지는 거 같았고, 혼자 여자 팀장으로 이런 고민을 터놓을 곳도 없었기에 곧잘 외로웠다.

그럴수록 일에 매진했다. 능력 없다는 소리 들을까 봐 공장에서 생기는 생소하고 복잡한 업무들을 도맡아 했다. 다만 그런 일은 까다로우니 실수할 확률도 높았다. 내가 더 잘하려고 할수록 마음대

자기계발의 미학

로 안 되는 느낌에 답답했다. 몸도 마음도 빠르게 지쳐갔다. 회사에 온갖 신경이 매여있기보다는 다른 돌파구가 필요하다고 느끼면서도 방법이 떠오르지 않았다.

2019년 늦은 봄, 퇴근 후 지친 몸으로 돌아와 맥주 한 캔을 들고 티브이 앞에 앉았다. 리모컨을 누르다가 홈쇼핑에서 공인중개사 온라인 수강권 광고를 보았다. 내성적인 나는 사람들을 많이 만나면 피곤하다. 때문인지 공인중개사라는 직업은 한 번도 생각해 본 적이 없다. 그런데 퇴근 후 맥주를 마시며 티브이 리모컨만 돌리는 게 한심했다. 직장 생활도 한계가 느껴지니 뭐라도 해 보고 싶었다. 스마트폰을 꺼내서 무엇에 홀린 듯 백만 원이 넘는 온라인 수강권을 결제해 버렸다. 사놓고도 한참을 그냥 두었다. 호기롭게 시작했던 첫 마음과는 달리 재미가 없고 무슨 소리인지 하나도 들리지 않았기 때문이었다. 그해 팔월 말 시험 접수 공고가 떴다. 그제야 마음이 급해져 공부를 매진했지만 떨어졌다. 다음 해에도 벼락치기를 하다가 또 떨어졌다. 회사 일이 바빠서 아이들을 챙겨야 해서 피곤하고 지쳐서…. 창피하니까 나를 합리화시킬 변명만 이것저것 찾았다. 2021년 2차 시험에 또 떨어졌다. 공부하는 척만 하고 결과를 못 내는 내가 한심했다. 보던 교재를 다 갖다 버렸다. 이후로 몇 달 동안 게임하고 웹툰과 유튜브만 보면서 허송세월을 보냈다. 문득 그저 흘러가는 시간이 불안했다. 종이를 꺼내 생각나는 대로 볼펜으로 적기 시작했다.

'공부도 못하겠다. 회사에서는 진이 다 빠져 버린다. 아이들도 남편도 내 맘 같지가 않다. 긴장감에 목도 아프고 어깨도 등도 아프다. 내 맘대로 되는 게 하나도 없구나! 나도 남들처럼 활력 있고 멋지고 싶은데. 너 참 못났다….'

쓰다 보니 울컥했다. 늦은 퇴근으로 병원에 꾸준히 갈 여유가 없어서 어깨 통증을 달고 살았다. 퇴근 후 공부하려고 책상에 앉으면 낮부터 아프던 오른쪽 어깨에 찌릿한 통증부터 느껴졌다. 그래도 포기하고 싶지 않았다. 그러나 뭘 해야 할지 막막했다. 다만 결심한 것이란 그동안 공부했던 공인중개사를 딱 한 번만 더 도전하기로 한 것이다. 끈질기게 인터넷을 검색하고 가장 유명하다는 강사의 책으로 교재를 전부 다시 샀다. 책이 도착하자 다시 언제 어떻게 시작해야 할지를 고민했다. 아무래도 퇴근 후엔 정신력과 체력이 바닥이다. 공부를 오래 할 수 없을 것 같았다. 새벽 기상이 답이었다.

새벽 기상을 시작하고, 그 시간에 강의를 듣고 노트 정리를 했다. 퇴근 후에는 문제 풀이를 하며 하루 공부를 마무리했다. 외워도 돌아서면 잊어버릴 땐 포기하고 싶어지는 순간이 한두 번이 아니었다. 포기하고 싶은 마음이 올라올 때마다 이번이 마지막이라는 생각으로 버텼다. 다행이었다. 유독 단풍이 곱게 들던 그해 가을, 나는 공인중개사 시험에 1차, 2차 모두 합격했다.

생각만 하다가 망한 사람은 많지만 실천하다가 망한 사람은 없다고 한다. 하루에도 수많은 일들 사이에서 수많은 선택을 한다. 나는 대부분 스스로 했을 때 조금이라도 나아질 일을 택한 것 같기는 하다. 그래서 후회는 하지 않는 편이다. 좀 미련해 보일지 몰라도, 손해를 보더라도 회사나 가정이 좋아지는 것이면 기꺼이 해왔다. 많은 일을 시도했고, 실패도 많이 했다. 하지만 실수나 실패를 하더라도 그 경험은 내 몸에 남아 나를 키운다는 것을 이제는 안다. 무엇보다 새벽은 어제의 아쉬움이나 자책을 털어버리고 새날을 차분히 시작할 수 있어 좋다. 나를 키울 수 있는 시간이 좋다.

새벽 기상을 시작하면서 사고가 점점 긍정적으로 변했다. 그리고 지금보다는 더 잘할 수 있는 사람이라는 것을 믿기에 힘을 내어 아침을 맞이한다.

일본어와 독서는 희망입니다

이명희

　나는 제대로 살고 있는가. 문득 이런 생각이 들었습니다. 바쁘다는 핑계로 공부를 하지 않았습니다. 2017년 3월에 온라인 강좌를 등록하고 일본어 회화를 공부하기 시작했습니다. 내 나이 쉰셋. 학창 시절에 손에서 놓았던 일본어를 30년 만에 다시 공부하게 된 겁니다. 공부하기로 결심하기까지 쉽지 않았습니다. 제대로 할 수 있겠느냐는 의구심, 끝까지 해낼 수 있을까 자신 없는 마음 때문이었습니다. 1년 정도 지나니, 기본 회화 정도는 할 수 있게 되었습니다. 하나도 모를 때와 비교하면 공부하는 재미가 쏠쏠했습니다.

　무역회사 일본팀에서 업무를 한 경험을 바탕으로 일본과 봉제인형 무역을 15년 했습니다. 15년 무역을 한 시점에서 일본 바이어들은 제조업체와 다이렉트로 일하기 시작했기 때문에 무역 일을 할 수 없게 되었습니다. 일본어 관련 일하기 위해 이력서를 내기 시작했습니다. 전국 방방곡곡 일본어 관련 일을 할 수 있는 곳은 다 찾아보았습니다. 우리 집에 자주 오는 조카가 "오늘도 하루 종일 컴퓨터 앞에 앉아 계시네요. 오늘은 이력서 몇 통 제출했어요." 하루에 다섯 통을 넣는 날도 있고 여덟 통을 제출하는 날도 있고 열 통을 넣는 날도 있었습니다. 이렇게 총 백육십 여덟 통의 이력서를 나이 무관, 학력 무관, 성별 무관이라는 곳에 제출했습니다. 네 곳에서 연락이 왔습니다. 그러나 네 곳 모두 나이에서 걸렸습니다. 일본어 관련 일을 꼭 하고 싶어 대학에서 공부를 다시 시작했습니다. 공부는 쉽지 않았습니다. 수도 없는 터널들을 지나야 했습니다. 해도 더 해야 할 것 같은 공부는 해도 해도 끝이 없었었습니다. 읽어야 하고 써야 하고 사전을 찾고 또 찾아야 하는 공부 그리고 시험. 줄줄이 이어진 공부라는 터널들을 숨이 차게 지나야 했습니다. 매일 공부라는 터널을 달렸고 사 개월 만에 JLPT 3급 자격증을 취득했습니다. 일본 대기업에 번역 담당으로 취직을 했습니다. 드디어 일본어 관련 일을 하게 되었습니다. 하루 종일 일본어를 마음껏 접할 수 있었습니다. 첫날 번역 일을 시작했습니다. 기억이 지금도 새록새록 납니다. 우리 팀 매니저님의 메일 번역이었습니다. 모르는 단어는 사전으로 찾고 파파고로 돌리고 그래도 이해가 안 되는 부분은 구글로 확인하고 야후 재팬에서 다시 확인하는 작업을 반복하며 마무리를 하고 매니저님께 메일로 전송했습니다. 처음 작업을 완성했다는 마음이 뿌듯했습니다. '일본 본사에 전송을 했겠지.' '일본에서 뭐라고 반응을 할까.' 조마조마한 마음으로 걱정을 하며 기다렸습니다. 퇴근 무렵이 되었지만 매니저님은 아무 말도 없었습니다. 메일 번역 내용이 문제없나 보다 하고 안도의 숨을 쉴 수 있었습니다. 번역 일은 재미있었습니다. 하나하나 작업이 완성될 때마다 성취감을 느꼈습니다. 작업을 완료한 파일이 차곡차곡 쌓이는 것을 보면 힘이 났습니다. 일본의 매뉴얼 등은 한국어로 번역을 했고 한국의 보고 자료, 연락 사항 메일 등 수도 없는 문서를 일본어로 번역을 했습니다. 나의 일본어 실력은 날이 갈수록 좋아졌습니다.

난생처음으로 일본어 통역을 했습니다. 1년 6개월 전에 일본 본부에서 한국 영업본부에 본부장님이 오셨습니다. 팀장님의 "명희님, 일본어 통역도 하셔야 합니다."라는 말씀 한마디로 한 번도 해본 적이 없는 통역을 무조건 하게 되었습니다. 나의 통역은 영업본부 아침조회부터 시작되었습니다. 이어서 해야 하는 통역은 주간 영업 회의의 동시통역에 이어서 팀장님 통역, 매니저님 통역 등 업무의 60% 이상이 통역이었습니다. 통역은 번역과 다른 매력이 있음을 알게 되었습니다. 통역은 통쾌하고 활력이 있었습니다. 집중력 순발력 기억력이 필요한 업무이고 사람을 긴장하게 만들며 강렬한 에너지가 필요한 업무임을 처음으로 알게 되었습니다. 하루 업무가 끝나고 긴장감이 풀리면 너덜너덜한 몸으로 지하철을 타고 환승을 하고 운전을 해야 하는 장거리 출·퇴근길이지만 집에 와서 차분히 하루를 되돌아보며 생각하면 '오늘도 회사에 가서 큰 면역력을 받고 왔어.' 하며 하루를 정리할 수 있었습니다. 일본어 공부를 다시 했을 뿐인데 생활에는 큰 변화가 생겼습니다. 자존감과 자신감이 생기고 건강해졌습니다. 매일매일 즐겁게 일을 했습니다. 일에서 느끼는 기쁨은 남달랐습니다. 노동은 쓴 뿌리와 단 열매를 갖고 있다는 말처럼 일의 기쁨은 책임감과 어려움 속에서 나오고 일의 즐거움과 성취감은 어려움을 뛰어넘어야 찾아옵니다. 일을 통해 얻은 기쁨은 더욱 특별하다는 것을 느꼈습니다. 놀이와 취미로 얻은 기쁨과는 많이 다르다는 것을 알았습니다. 이처럼 '직장 생활을 재미있게 하고 있습니다.'를 당당하고 자신 있게 말할 수 있도록 보냈습니다. "출근을 너처럼 기분 좋게 하는 사람 처음 봐." 지하철역에서 가끔 만나는 일본어 공부 친구가 한 말입니다. 더 기분 좋게 출근할 수 있는 힌트가 되는 말이었습니다. 이 말이 늘 머리에서 맴돌며 기분을 좋게 해 주었습니다. 소박하지만 하루를 기분 좋게 만들어 주는 말에는 좋은 에너지가 있었습니다.

3년 전부터 '나를 틀에 가두는 미라클 모닝'이라는 커뮤니티에서 독서를 시작했습니다. 독서를 거의 안 하고 살았는데 지금은 월 두 권을 목표로 독서를 하고 있습니다. 줄을 긋고 색칠을 하고 메모를 하며 정독을 합니다. 독서 모임에서는 자유도서와 선정도서 두 권을 정해 월 2회 줌으로 만나서 자신이 읽었던 책 내용에 있는 공감되는 부분과 와 닿는 부분에 대해 2시간 정도 서로 이야기를 마음껏 나누며 모임을 합니다. 너무 편안하고 자연스러운 분위기 속에서 재미있게 이야기를 나누다 보면 2시간이 금방 갑니다. 스토리텔링에서는 발표를 위한 독서와 글쓰기를 하고 있습니다. 자유 도서를 하며 공감되는 내용을 자신의 스토리와 연결해서 글을 쓰고 발표를 합니다. 글을 쓰는 계기가 되어 너무 좋았습니다. 책임감으로 글을 써야 하고 글을 쓰게 되면 집중력이 향상되고 글쓰기 실력도 좋아집니다. 자기 성장에 큰 도움이 되고 있음을 알게 되었습니다. 독서 모임은 나를 성장하게 했다는 생각이 듭니다. 독서를 하면 마음이 편안해지고 많은 것을 깊게 생각하게 됩니다. 독서는 많은 것을 실천하게 합니다. 독서를 하고 일상의 어휘가 달라졌다는 말을 많이 들었습니다. 좋은 어휘는 좋은 말을 하게 하고 좋은 말은 생활의 질을 높여주었습니다. 늘 후회하는 것 한 가지가 '공부를 미리 좀 할 것을' 입니다. 늦게라도 깨달아서 다행이라고 셀프 위로를 하며 공부하고 있습니다. 독서의 힘을 체감합니다.

일본의 90세 시인 시바타 토요(柴田卜ヨ)처럼 평생 공부를 하고 글을 쓰며 살겠다고 마음을 먹었습니다. 지금도 일본어 원서 읽기를 하며 일본어 공부를 재미있게 하고 있습니다. 지금 읽고 있는 일본어 원서는 《어린 왕자》입니다. 원서를 읽으며 하는 일본어 공부는 지식도 문화도 같이 배울 수 있어 도움이 많이 됩니다. 원서 읽기는 통역에도 큰 도움이 되었습니다. 공부도 하고 독서도 하며 자기계발을 지속하고 싶습니다. 이 세상에 좀 더 도움이 되는 일을 하며 살고 싶습니다. 독서를 통해 더 넓은 세상을 만나고 싶습니다. 오늘도 배우고 익히기 위해 노력을 하는 하루를 보냈습니다.

어쩌다 대학생

~~~~~~

이미영

회사의 이사가 불가피했다. 직원들의 반대가 심했지만 소용없었다. 중, 고등학생이었던 아이들에겐 아직 내가 필요한 시기였다. 회사를 따라 지방으로 갈 수 없었다. 다른 직장을 구해야 했다. 구직으로 고민하던 중 남편이 말을 건넨다.

"요즘 사회복지사가 대세라는데 당신도 공부해 보는 건 어때?"
"그래? 몰랐네. 늦지 않았을까? 음. 알았어. 알아볼게."

복잡했던 머릿속에 한 줄기 빛이 보인 듯했다. 핀잔 대신 정보를 주는 남편이 멋져 보이는 날이었다.

쇼츠 영상을 보며 의미 없는 시간을 보내던 시기였다. 손가락만 움직일 뿐 직장 구할 생각에 심란했는데 남편의 툭 던진 말에 용기를 얻었다. 나이에 구애받지 않는 일을 찾다 보니 자격증에 관심을 갖게 되었다. 자주 검색하고 있는 모습을 남편이 본 모양이다. 남편이 하라고 했으니 한번 해 봐? 등록금도 지원해 준다는 남편의 말에 귀가 더욱 솔깃해졌다. 직접 경험하고 있는 친구의 의견도 들어보았다. 일에 대한 만족도와 자부심이 컸다. 망설일 것 없이 사회복지사 자격증에 대해 신중히 알아보았다. 많은 분야의 자격증에 일가견이 있으신 팀장님께 조언도 구했다. 후기 좋은 곳에 등록을 했고 설레는 맘으로 수업을 기다렸다. 3년여의 시간을 보내야 했다. 잘 참고 견뎌 자격증을 받던 날 여러 카톡방에 자랑을 했다. 자격증 담긴 봉투를 소중히 안고 집으로 돌아가는 길에 남편을 만났다. 고생했다며 진심 어린 축하를 해주었다. 집에 들어선 순간 두 아들의 환호성에 뭉클했다. 큰아들이 고생하셨다며 자격증을 받아 들었다.

'어때, 엄마 이런 사람이야.'

대학생인 두 아들에게 공부란 때가 없음을 보여준 것 같아 뿌듯했다. 또한 자격증 덕분에 최종 학력이 바뀐 것에 어깨도 으쓱해졌다. 공부가 재미있어졌고 포기하지 않으면 할 수 있다는 걸 알게 된 순간이다.

중학생 시절부터 엄마의 입원은 계속되었다. 신부전증이라는 병명으로 장기간의 입원과 갑작스러운 응급실행에 간호할 사람이 없었다. 서울에서 오빠들이 내려왔다. 나에게 할 말이 있는듯한데 선뜻 꺼내지 못하셨다. 엄마가 더 안 좋아지신 건가. 무슨 일이지. 분명 무슨 일이 있는 것 같은데. 답답함에 먼저 말을 꺼냈다.

"오빠, 무슨 일 있어요?"
"그게 말이다. 대학을 좀 미루면 어떻겠니. 미영아."

머뭇거리며 말씀하시던 오빠의 말은 별로 놀랍지 않았다. 사실 시험공부를 열심히 한 것은 맞지만 언제 뛰어가야 할지 모르는 엄마의 상태로 대학에 대한 목표가 뚜렷이 없던 때였다. 다른 사람도 아닌 엄마였기에 난 기꺼이 알았다고 대답을 하고 그날로 대학 입학을 포기한 채 엄마의 간호에만 집중했다. 하지만 엄마는 내가 고등학교 졸업을 하던 그해 6월에 하늘나라로 가셨다. 호전되기를 간절히 바라던 마음이 무색하게 돌아가신 엄마가 원망스러웠다. 허망한 마음에 아무것도 하지 못하고 힘들어하던 시간이었다. 원치 않던 학창 시절의 기억. 사회복지사를 마치고 나니 공부의 느낌과 달콤한 결과물을 무시할 수가 없었다. 공부가 아직도 가능한 나이구나. 시작하니 되네.

여러 날의 고민 끝에 접수를 하고 모처럼 만난 고등학교 친구들에게 대학교 입학을 넌지시 물어봤다. 친구들은 무슨 공부냐고 난리 치며 나이 들면 못 가는 여행이나 다니자며 말렸지만 이미 방송통신대학에 접수를 한 후였다. 그 나이에 무슨 공부냐, 놀러 갈 시간도 없는데 언제 공부하느냐, 눈도 나쁜데 더 나빠진다, 10년이 지나도 졸업 못 한다던데 어쩌려고 그러냐, 등등 내가 살아오면서 듣던 말 중 조언 아닌 조언들을 가장 많이 들었던 때이다. 접수만 했는데 벌써 대학생이 된 기분이었다. 공고문을 보니 3학년으로 편입이 가능했다. 하늘이 나를 돕는구나. 방송통신대학은 입학은 언제든지 가능하지만 졸업은 너무 힘들어 못 한다던 학교를 2년이라는 시간으로 단축되었다. 너무 기쁜 순간이었다.

학번이 나오고 수강 신청을 했다. 캠퍼스라는 단어를 사용하며 전국에 있는 대학에서 책도 빌려 보고 자유롭게 출입도 가능하니 온 세상이 내 것 같았다. 거래처에 가다가 학교가 보이면 들어가서 나무 그늘에 주차를 하고 잠시 있다가 나오기도 했다. 경비 아저씨라도 나오셔서 "누구요?"라고 물으면 "학생입니다!" 하고 당당히 말도 해 보고 싶었는데 아직 그럴 일은 없었다. 잘해 보자고 격려를 아끼지 않는 분들도 많았다. 그렇게 어쩌다 대학생이 되었다. 아들이 ZOOM 수업을 받고 있을 때 신기하여 방문 뒤에서 힐끔거리면 아들이 눈치를 주었었다. 이제는 나도 당당히 비대면 수업 일정에 맞추어 줌을 켜고 정해진 기일까지 과제물을 형식에 맞춰 제출한다. 영상으로 공부를 하고 학교에 출석해 지필시험도 치르는 대학생이 되었다. 시험이 끝난 후엔 학우들과 답을 찾아보고 서로 격려하며 밥도 먹고 차도 마시는 시간들. 학우들 얼굴엔 세월을 이겨 온 주름들이 자글자글하다. 그 주름 속엔 많은 지식과 공부에 대한 열정이 가득하단 걸 알고 있다. 그렇게 본격적인 공부가 시작되

자기계발의 미학

었다. 이제 어느덧 4학년. 좋은 학우들과 모임도 하고 여느 대학생처럼 지내니 행복하다. 하루도 빠지지 않고 책 읽기와 글쓰기, 독서클럽, 캔바 등을 배우고 배운 것을 나누는 등 누가 봐도 신나는 대학생이다.

9남매의 막내로 앙팡지게 살아온 삶처럼 처음 해 보는 대학 생활과 본연의 일까지 하며 힘들다는 말을 하고 싶지 않았다. 또한 그 어떤 것이든지 포기하지 않는 성격도 한몫을 해 주었고 얇디얇은 귀도 큰일을 해 냈다. 힘들고 지칠 땐 학우의 카카오톡 안부 문자가 힘이 되고 책꽂이에 꽂혀 있는 교재를 보며 잘하고 있다고 셀프 칭찬하는 날들. 열심히 집중해 나가는 모습에 '응원해'라며 매일 자축하는 요즘의 내 모습. 그깟 공부를 하느냐며 비웃는 사람도 있겠지만 그건 당신 생각이라는 것. 나는 나의 길로 묵묵히 가겠노라고 다짐하는 오늘이다.

"아들. 엄마 방에 와 봐."
"왜?"
"으로서가 맞니, 으로써가 맞니?"

오늘도 중간고사 과제물을 벽에 붙여 놓고 제출 기한을 넘기지 않으려고 기를 쓴다. 책상 위엔 도서관에서 대출해 온 책들이 과제물은 언제 끝날지 기다리고 있다. 이렇게 어쩌다 대학 생활은 무사히 지나가겠지. 이름 뒤에 학번이 있는 컴퓨터 화면이 뿌듯한 행복한 하루.

생각하였다면 실행하는 사람이 되기로 했다. 생각은 나를 그 어느 곳에도 데려다 놓지 않기 때문에 내가 먼저 손을 뻗어야 한다. 그러다 보면 성공은 자연히 따라오는 선물임을 알기에 더 집중하는 시간이다.

자기계발의 미학

남에게 맞추는 삶

이은경

마음속엔 있었지만 잘되지 않던 일. 나는 지금 잘하고 있는 것일까? 이만큼이 최선일까? 아니다. 더 잘하고 싶다. 어려서부터 남의 눈치를 살피는 습성이 있다. 지적받을까 봐, 분위기 망칠까 봐 두려워했다. 서른두 살 결혼 후 성장통을 앓았다. 다른 사람 의견에 기댔다. 남에게 맞춰주었다. 딱히 좋아하거나 싫어하는, 나만의 주관 따위 없었다. 상대가 좋다면 그것으로 충분했다.

지인의 소개로 남편을 만났다. 크지 않은 키에 깔끔한 복장, 웨이브 진 짧은 머리, 큰 눈에 진한 쌍꺼풀, 네모진 얼굴이 카리스마 있어 보였다. 내성적이고 말수가 적고 자기 의견을 말하지 못하는 나와 다른 사람 같았다. 편하지 않았다. 나랑 어울리지 않는 사람이라 생각했다. 잔뜩 긴장되어 지금은 기억나지 않지만 커피 마시면서 물어보는 질문에 대답만 한 것 같다. 남편은 열정이 넘쳤고 말솜씨가 뛰어났다. 내성적이고 조용한 나와 결이 맞지 않다고 느꼈다. 커피만 마시고 헤어졌다. 연락이 안 올 줄 알았다. 그런데 다음 날 점심시간에 내가 근무하는 회사 앞으로 찾아왔다. 그것을 계기로 밥을 몇 번 먹고 급속도로 가까워졌다. 우리는 삼 개월도 안 되어 부부가 되었다. 시부모님은 삼 개월만 같이 살면 분가시켜 준다고 했다. 하지만 약속은 지켜지지 않았고 우리는 십오 년을 한 집에 살았다.

결혼은 큰 변화의 시작이었다. 결혼하자마자 아이가 생겼고 아들을 낳았다. 좋은 엄마가 되기도 전에 다음 해에 아들 쌍둥이, 다음 해 또 아들을 낳았다. 삼 년 만에 네 아이의 엄마가 되었다. 어머님이 육아를 도와주긴 했어도 연년생의 아들 넷을 돌보면서 편히 앉아보지 못했다. 몸은 무거웠고 베개에 머리만 대면 잠이 들었다. 아이 넷을 씻기고 먹이고 양치를 시킨 후 저녁 아홉 시가 되기 전에 이불을 펴고 눕는다. 아이들이 읽어달라고 쌓아놓은 동화책이 열 권은 넘어 보인다. 한 권 한 권 읽다 보니 목이 칼칼하다. 자기가 가져온 책을 읽어달라며 바라보는 아이들의 눈빛이 초롱초롱하다. 책을 읽어주다가 자꾸 끊긴다. 나도 모르게 졸고 있었고 아이들보다 먼저 잠든 것도 한두 번이 아니었다.

큰아이가 사 학년이 될 즈음 남편은 다니던 회사를 퇴사했다. 수제 돈가스집을 하고 싶다 했다. 사촌 여동생이 강남에서 십 년 넘게 하고 있는데 동네에선 나름 유명한 맛집이란다. 남편과 나는 사

개월 동안 강남으로 출·퇴근하며 고기 손질하는 법, 돈가스 소스 만드는 법, 수프 만드는 법 등을 배웠다. 남편은 주방은 알아서 할 테니 걱정하지 말라 했다. 그저 만약을 대비해 같이 배우는 거라면서. 물도 안 떠다 먹고 라면도 한 번 끓여 본 적이 없는 남편이다. 나를 고생시킬 게 뻔했다. 교육 기간이 끝나고 집에서 십 분 거리 가까운 곳에서 수제 돈가스 가게를 시작했다. 새벽 여섯 시에 나가 장 보고 재료를 손질한다. 돈가스를 만들고 소스도 만들고 밥도 한다. 주방을 책임지겠다던 남편은 주방 일을 하나씩 나한테 넘겨주었다. 주방과 홀을 오가며 장사를 마치고 마감까지 하고 나면 밤 열한 시는 되어야 집에 갈 수 있다. 발걸음이 무겁다. 하루 네다섯 시간 자면서 종일 쉴 틈 없이 일했다. 평소 디스크로 좋지 않았던 허리와 목, 어깨가 병원에서 치료를 받아도 나아질 기미를 보이지 않았다. 거기에 2020년 초 코로나19가 급속도로 퍼졌다. 가게를 찾는 손님 수도 줄었다. 인건비는 높아졌고 재료비도 계속 인상되었다. 2020년 9월 결국 가게를 정리하게 되었다. 가게를 시작하고 4년 만이다. 막상 가게를 정리하게 되니 그동안 남편과 나의 수고가 아무것도 아닌 것 같아 아쉬웠다.

가게를 폐업할 때쯤 남편의 발에 통풍이 심해졌다. 스치기만 해도 아프다 했다. 일 년 정도 취업을 못 하고 약 먹으면서 치료했다. 내가 돈을 벌어야 했다. 보육교사 자격증이 있어서 어린이집에 다녀볼까 했다. 하지만 수제 돈가스 가게를 몇 년 하면서 내 몸은 성한 데가 없었다. 디스크 때문에 가만히 있어도 하반신이 저릴 정도

였으니까. 몸 안 쓰는 직장을 찾고 있을 때 지인이 보험 회사를 다녀보라고 권했다. 용기가 나지 않았다. 망설였다. 내성적인 내가 보험 영업을 할 수 있을지 의문이었다. 삼 개월만 다녀보기로 했다. 내 적성에 맞지 않으면 다른 일을 찾아보면 되니까. 그런데 교육을 듣다 보니 보험에 관심을 가지게 되었다. 친정엄마가 유방암을 앓은 적이 있었다. 이십오 년 전 친정아버지는 뇌출혈로 쓰러졌다. 십 년 넘게 병원에 입원해 있었다. 그동안 엄마는 병원에서 아버지를 간병했다. 부모님이 없는 집에서 언니와 나는 동생들을 돌보며 직장 생활을 했다. 지금은 아버지가 퇴원하고 집에서 생활하지만 오른쪽 편마비가 와서 장애 등록을 받았다. 집 안에서는 지팡이를 짚고 다니고 외출할 때는 휠체어를 타고 나가야 한다. 이렇게 가족이 갑작스러운 사고를 당했을 때 최대한 돈 걱정 덜 하면서 치료를 받을 수 있도록 사람들을 돕고 싶었다. 술 많이 마시는 사람, 기름진 음식, 달고 매운 음식, 패스트푸드를 즐기는 사람들을 보면 내 말문이 트였다. 보험의 필요성을 강조했다. 사람들은 우리 가족 이야기를 들으면 공감도 했다. 하지만 다른 사람한테 권하지는 못했다. 실적이 없으니 눈치가 보였다. 내 성향과 맞지 않는 일이란 결론이 났고 일 년 반 만에 퇴사했다.

오랜만에 고등학교 친구 김태경 작가를 만났다. 같은 동네에 살면서도 서로가 바빠 얼굴 한 번 보기 힘들었다. 태경이는 내가 가게를 접고 하는 일마다 고객이 되어주었다. 만나는 횟수가 늘어나며 태경이의 자신감 있는 행동이 멋져 보였다. 나랑 비슷하게 내성적이고 수줍음 많은 친구였다. 그런데 지금 스피치 강사가 되었고 라이팅 코치도 되었다고 한다. 독서 모임도 운영한다고 했다. 독서 모임 〈스텔리(스토리텔링으로 리뷰하기)〉는 읽고 싶은 책을 읽고 공감이 되는 문장을 통해 이야기를 쓰고 발표하는 방식으로 진행된다고 했다. 고민 끝에 가입을 결정했다. 매주 책을 읽어야 하고 글을 써야 하고 발표해야 하는 두려움이 있었다. 하지만 나도 변하고 싶었다. 이제 다른 사람 눈치 보지 않고 내가 좋아하는 일을 하고 싶다. 자신감 있는 말과 태도도 갖추고 싶었다. 말끝을 흐리는 습관도 고치고 또박또박 처음부터 끝까지 나의 이야기를 전달하고 싶다. 독서 모임에 합류하게 되면서 책을 읽고 글을 쓰기 시작했다. 지금 시작해도 늦지 않았다는 걸 안다. 멈추지 않고 한 걸음씩 내딛다 보면 꾸준히 변하는 내 모습을 볼 수 있을 것이다. 성장하는 내 모습이 기대된다.

습관의 변화와 자기 관리

제2장

한 걸음, 한 페이지

김경아

새벽 기상. 의무적으로 일어났다. 수험생이었던 아이에게 아침밥 차려주는 것이 무엇보다 중요한 일이었다. 아이가 나가고 나면 자연스레 다시 잠자리에 들었고 느지막하게 일어났다. 몇 날 며칠을 이렇게 반복하다 보니 겨울잠 자는 곰이 되어가는 것 같았다. 다시 잠들지 않기 위해 할 일을 만들어야겠다는 생각을 했다. 뭐가 좋을까. 공부를 해 볼까. 어떤 공부가 하고 싶은데. 왜 하는 건데. 할 수 있겠어? 생각이 많아지기 시작했다. 혼자 묻고 답하다 시작도 하기 전에 포기할 상황이었다. 단순한 생각에 책 읽기가 가장 쉽다고 생각했다. 쉬운 것부터 해 보자. 책 읽는 습관을 만들어보자. 가장 어려운 게 책 읽기라는 걸 나중에야 알았다.

마지막으로 책을 읽은 게 언제인지 기억도 나질 않았다. 책꽂이

자기계발의 미학

를 봤다. 몇 권 되지 않았지만 그중에 하나를 골랐다. 읽기 시작했다. 이상했다. 페이지가 넘어가질 않는다. 어려운 책을 골랐나. 분명히 읽었는데 앞 페이지 내용도 생각이 나질 않았다. 슬슬 짜증이 나면서 졸음까지 쏟아지고 결국 덮어 버렸다. 책을 바꿔서 다시 시도해 보았지만 상황은 같았다. 며칠째 제자리다. 포기하고 다른 것을 해 볼까? 이것도 못 하면서 다른 것은 과연 할 수 있을지 의문이었다. 독서를 너무 만만하게 생각했다. 잘 읽히는 방법이 있을듯한데. 고민하고 또 고민했다. 그래서 생각한 방법이 페이지를 정해서 읽어보기로 했다. 정해 놓은 시간 동안 읽을 분량의 페이지에 포스트잇을 붙이고 읽었다. 챕터가 바뀌거나 내용이 끝나지 않아도 상관없다. 포스트잇 붙인 곳까지만 읽는 것이다. 집중해서 읽을 수 있었다. 점점 페이지를 늘려서 포스트잇을 붙였고 서서히 독서가 익숙해질 즈음엔 독서 노트를 만들었다. 책을 선정하고 제목과 작가 이름 적기. 페이지 체크하고 읽기. 공감되는 문장 메모하기. 그날 읽은 곳까지 요약이나 생각 쓰기. 사실 독서 노트는 어떤 책을 읽었는지 잊어버리지 않기 위해 쓰기 시작한 것이다. 노트에 적지 못하고 넘어가는 순간도 있고 일주일 동안 책을 펼쳐보지 못하는 경우도 있다. 그래도 괜찮았다. 오늘 못했으면 내일은 꼭 하면 되는 거니까. 포기하지 않는 것이 중요했다.

책을 읽고 독서 노트를 만들면서 일기를 쓰기 시작했다. 20대 중반 이후로 쓰지 않았으니 거의 25년 만에 다시 쓰는 거다. 예전에 쓰던 방식과는 다르게 아침에, 전날의 하루 일과를 시간별로 적는 것이다. 일명 모닝 일기. 눈 뜬 순간부터 자기 전까지의 일을 차근차근 정리했다. 생각나지 않는 부분도 많았다. 아마도 TV 시청이나 휴대폰을 사용하는 시간이었을 거다. 빈틈도 많고 무의미하게 보내는 시간도 많다는 걸 알았다. 하루를 기록으로 시작하면서 반성도 하고 다짐도 하게 되는 20분. 짧은 시간 투자로 나를 돌아보는 값진 순간이다. 아이에게도 권하고 싶은 습관 중 하나가 돼버렸다.

또한 독서로 인해 생각지도 못했던 습관이 생겼다. 이부자리 정돈. 성공한 사람들의 루틴으로 자기계발서에 자주 등장하는 습관이다. 기상 알람이 울리면 겨우 일어나 멍한 상태로 화장실을 가거나 주방에 간다. 물을 한 잔 마시고 그제야 정신을 차린다. 그래서 나도 실행에 옮겨보기로 했다. 알람 소리에 눈을 뜨고 무의식적으로 화장실로 갔다. 나오니 이불이 보였다. 아. 이불! 다음날도 일어나서 화장실로 향하는 순간 이불이 생각났다. 돌아서서 베개를 매만지고 흐트러진 이불을 쫙 편 뒤 화장실로 갔다. 별거 아닌 행동. 미소가 절로 지어졌다. 어느 날부턴가 남편도 본인의 이불을 정리하기 시작했다. 아마도 옆자리 이불이 정돈된 것이 신경이 쓰였던 것 같다. 이부자리 정돈으로 기분 좋게 하루를 시작할 수 있었다.

가끔 몰입이 안 되거나 다시 자고 싶어질 때 나를 일으킨 것은 운동이었다. 그날도 여지없이 눕고 싶은 생각이 간절했다. 무심코 바라본 창밖 풍경. 걷는 사람들이 있었다. 주섬주섬 옷을 챙겨 입고 나갔다. 엘리베이터에 내려 중앙 현관문이 열리고 훅 들어온 찬바람이 싫지 않았다. 주머니에 손을 넣고 경직된 상태로 걷기 시작했다. 주위를 살피기 바빴다. 사람도 없는데 시선 의식을 왜 이렇게 하게 되는 건지. 땅을 보고 걸었다. 혼자 나와서 걷는 게 어색했다. 걷다 보니 풍경이 보이기 시작했다. 속도를 내보았다. 다리가 뻐근해 오는 느낌이 들었지만 속도를 줄이지 않고 계속 걸었다. 속도가 붙자 숨이 차고 땀도 났다. 얼마나 걸었을까. 주변엔 내 숨소리만 들리는 듯했다. 걷기에 집중하다 보니 시간이 훌쩍 지나있었다. 집으로 돌아가는 발걸음이 가볍다.

그렇게 시작한 걷기는 아침마다 나의 일과가 되었다. 꾀가 나는 날엔 뭉그적거리느라 나갈 시간을 놓치곤 했다. 역시나 강제성을 부여해야 할 때가 되었다. 만 보 걷기 앱을 찾아 다운로드했다. 만 보를 걷고 14일 동안 인증하면 내가 좋아하는 별다방의 커피를 마실 수 있는 프로젝트이다. 매일 나가서 걸었다. 만 보를 걸으면 1시간 30분 정도 소요된다. 발바닥은 아프고 혼자 걸으려니 지루하기도 하지만 만 보가 넘은 숫자를 캡처하는 순간은 힘듦을 잊게 된다. 인증을 해야 하는 덕분에 꾸준히 만 보를 걷다 보니 몸의 변화가 느껴졌다. 몸이 가벼워지고 다리에 근육도 생긴듯했다. 무엇보다 걷고 난 뒤엔 복잡한 생각은 사라졌다. 몸과 마음이 건강해지고 있었다. 인증하기 위해 열심히 걸은 것뿐인데 생활의 일부가 되어버렸다.

의지도 약하고 꾸준하지도 못하다. 걱정도 많고 생각도 많은 편이라 뭐든 시작하고 결정하는 데 오래 걸린다. 이랬던 내가 변화하고 있다. 자기계발로 시작한 독서가 이부자리 정돈이라는 습관을 만들었고 무엇이든 시도해 보려는 의지가 생겼다. 또한 모닝 일기 쓰는 습관으로 나를 관리할 수 있는 사람이 되었다. 습관을 유지하기 위한 체력을 키우기 위해 운동도 병행한다. 시작한 지 며칠 만에 실패한 적도 많았지만 다시 시작하고 또다시 시작한다. 지금도 실패하고 앞으로도 실패할 수 있다. 하지만 포기하지 않는다. 이전의 나보다, 아니 지금의 나보다, 좀 더 괜찮은 내가 되기 위해 좋은 습관을 유지한다. 습관이 흐트러지면 바로잡는다. 나는 성장하고 있으니까.

자기계발의 미학

어제보다 나은 오늘

김은숙

책을 읽고 싶었다. 독서 모임에 참석해야 하는데 책 내용을 이해하지 못했다. 다른 사람들의 생각과 경험을 들으면서 이해할 수 있었다. 이번 주도 반도 못 읽고 있다. 퇴근 후 저녁을 먹고 책을 읽다 보면 얼마 지나지 않아 졸고 있다. 책을 읽고 싶은 마음과 다르게 몸이 따라주지 않았다. 자꾸 이러면 안 될 것 같았다. 다른 사람들은 언제 읽는지 궁금해서 물어보았다. "저는 새벽에 일어나서 한 시간 동안 읽어요."라고 했다. 새벽 기상하는 사람들이 모인 커뮤니티에 들어갔다고 한다. 새벽 다섯 시에 일어나서 자기계발 강의 이십 분 정도 듣고, 각자 하고 싶은 공부 한다고 했다. 나는 지금까지 새벽에는 목사님이나 스님들만 일어나는 것으로 생각했다. 내가 아침 일곱 시 전에 일어나 본 적이 몇 번이나 되었던가. 해외여행 갈 때 새벽 비행기 타려고 일어난 기억은 있다. 평소에 출근 준비하는 시간도 역으로 계산해서 일곱 시에 일어난다. 부지런히 준비해도 회사에는 출근 시간 딱 맞게 도착했다. 어렸을 때부터 미리 준비하는 것보다는 시간에 쫓겨 사는 데 익숙해진 나지만 새벽 기상을 할 수 없을 것도 같았고 할 수 있을 것도 같았다. 새벽 기상, 일단 시작해 보기로 했다.

변화를 위해 나는 네 가지를 실천했다. 첫 번째는, 새벽 다섯 시에 일어나기로 했다. 혼자는 할 수 없을 것 같은 새벽 기상을 커뮤니티 사람들과 함께하니 가능했다. 동기부여 라이브 강의를 들었다. 그동안 내가 해왔던 것들은 아무것도 아니었다. 자신의 성장을 위해 공부하는 사람들이 이렇게 많다는 것에 놀랐다. 내가 할 수 있는 것부터 시작하기로 했다. 강의가 끝나면 책을 읽었다. 아침에는 집중이 잘 되어 책 읽는 속도도 빨랐고 내용 파악도 수월했다. 책 읽고 내용 정리하고 내 생각도 노트에 적었다. 독서 모임 가는 날이 기다려졌다. 준비되었기 때문에 다른 사람들처럼 내 의견을 말할 수 있었다. 일찍 잠드는 게 적응이 되지 않았을 때 저녁에 늦게 잠든 날은 새벽에 일어나기 싫었다. 그래도 꾸역꾸역 일어났고 낮에 눈이 피곤해서 비비고 있었다. 옆에서 보고 있던 선배가 "요즘 새벽에 일어난다더니 잠을 충분히 못 자면 낮에 졸리기만 하고 집중력도 떨어지는 데 뭣 하러 그렇게 하는 거야?"라고 말했다. 나는 "새벽 시간에 책 읽을 수 있어 정말 좋아요."라고 자신 있게 대답했다. 처음으로 나를 위해 스스로 결정하고 실행하고 있는 새벽 기상이다.

자기계발의 미학

두 번째, 내 공부 공간을 만들었다. 주방 식탁에서 거실 소파로 옮겨 다니며 책을 읽었다. 가족들이 깰까 봐 이어폰을 끼고 강의를 들었다. 독립한 큰아이의 방을 그대로 두었었다. 가끔 오면 편하게 쉬다 가라는 배려다. 이제는 나를 위해 살고 싶다. 아이의 짐을 수납장에 정리한 후 방 한쪽에 두었다. 인터넷으로 높낮이 조절되는 책상과 의자를 주문했다. 책상을 들여놓고 스탠드도 설치했다. 책꽂이엔 내가 그동안 읽었던 책을 꽂아놓았다. 내 방을 꾸미고 책상이 생기니 설레었다.

세 번째, 삶을 계획적으로 살고 싶었다. PDS 다이어리를 쓰기 시작했다. 한 번도 끝까지 써본 적이 없다. 이번만큼은 끝까지 작성하고 싶었다. 그래서 커뮤니티 방에 들어갔다. 다른 사람들이 쓰는 것을 보며 쓰기 시작했다. 하루 일과 중 그날 좋았던 점 인상적이었던 부분을 감상 기록으로 남겼다. 아침 다섯 시부터 저녁 열 시 반까지 해야 할 일들을 꼼꼼히 적었다. 저녁 시간에는 하루를 돌아보는 시간 가졌다. 계획했는데 지키지 못한 일이 있으면 반성하고 다짐도 했다. 부족한 부분들을 개선하기 위해 새로운 계획을 세워 보기도 했다. 내가 원하는 대로 살아가다 보니 하루를 마감하는 시간이 뿌듯했다. 예전에는 내 생각 없이 남들이 하자는 대로 끌려다녔다. 결정을 못 내리고 다른 사람들을 의식했다. 다른 사람은 어떻게 생각하는지 의견을 듣고 나서야 확신이 생기기도 했다. 다이어리를 쓰면서 나 자신만의 계획과 루틴으로 생활하기 시작했다. 시간이 만들어지는 걸 느꼈다. 허둥지둥 흘려보내는 시간이 없어졌다. 2년째 시간마다 할 일을 적고 지키면서 계획적인 삶을 살고 있다.

네 번째, 다이어트 댄스를 배우기 시작했다. 어릴 때부터 춤추는 걸 좋아했다. 내가 하고 싶은 것을 즐겁게 하려면 체력이 뒷받침되어야 한다. 나는 퇴근하면서 춤추러 간다. 즐기면서 건강까지 챙기는 취미다. 나는 춤을 출 때 한 마리 나비가 된 것처럼 신이 난다. 흥겹게 찌르는 손동작 발 스텝이 경쾌하다. 다양한 동작이 몸을 통통 튀어 오르게 한다. 신나는 음악에 몰입하다 보면 하루 동안 복잡했던 머릿속이 비워진다. 딱딱한 근육도 풀린다. 땀을 흠뻑 흘리고 나면 몸도 마음도 가볍고 행복하다. 별거 없다. 인생을 즐겁게 멋진 나로 살아가면 그게 행복이다. 내가 하고 싶은 것을 하면서 하루를 마무리할 수 있어 뿌듯하다. 바쁜 하루를 보내고 춤추러 갈 때 나는 또 다른 내가 되어 있다. 매일 따라만 해도 실력은 살포시 내 몸에 장착된다. 처음에는 스텝이 꼬이고 동작도 웨이브도 어설펐다. 지금은 동작을 크게 하면서 자신감이 생겼다. 후배들이 많이 들어오니 나는 맨 앞줄에 서게 되었다. 뒷줄에 설 때는 툭하면 지각하고 동작도 겨우 따라 했다. 하지만 맨 앞에 선 나는 동작의 강약을 조절할 수 있었다. 운동 시작 십 분 전에 도착해서 준비했다. 마음가짐이 달라졌다. 동작할 땐 다음 순서를 기억했다. 새로운 작품이 나가면 연상기법으로 뇌에 저장한다. 때로는 기억나지 않을 때도 있다. 하지만 연습해서 안 되는 건 없었다. 이렇게 다이어트 댄스를 하면서 기분도 좋아지고 새로운 에너지가 충전되기도 한다.

자기계발을 하는 데 힘이 되어 준 건 내게 자리 잡은 좋은 습관들이다. 내가 과연 해낼 수 있을지 의문이었던 새벽 기상 성공 이후 무엇이든 마음만 먹으면 할 수 있다는 강한 의지가 생겼다. 새벽에 일어나서 책 읽으면서 집중력이 높아졌다. 다이어리를 쓰면서 정리된 하루를 살았고 시간을 효율적으로 활용할 수 있게 되었다. 다이어트 댄스를 하면서 스트레스를 풀고 건강도 챙겼다. 이 루틴들이 습관으로 자리 잡았다. 좋은 습관으로 인해 어제보다 나은 오늘이 좋다.

다시 시작할 수 있는 유연성

김태경

    열두 시 전에 잠든 적이 없다. 둘째 아이가 대학생이 되니 여유가 생겼다. 퇴근 후 친구와 저녁 먹으면서 술을 마셨고, 집에서는 남편과 드라마 보면서 맥주를 마셨다. 그 시간이 행복했다. 즐거움을 주던 술과 안주는 나를 살찌웠다. 조금만 움직여도 숨이 찼다. 새벽까지 잠 못 자고 뒤척이는 날이 늘었다. 어깨도 목도 무릎도 아팠다.

    다이어트 해야지, 생각만 하고 시간 보내고 있을 무렵 거리에서 나눠주는 점핑 다이어트 전단을 보게 되었다. 초등학교 다닐 때 나와 여동생 그리고 내 친구 순옥이는 트램펄린을 탔다. 셋이 누가 더 높이 올라가는지 내기하듯 신나게 뛰고 있을 때 순옥이가 "악" 하고 소리를 지르면서 오른쪽 다리를 잡고 털썩 주저앉았다. 순옥

자기계발의 미학

이는 그해 겨울 오른쪽 넓적다리까지 깁스하고 뜨뜻한 아랫목에서 지냈다. 나와 동생은 겨우내 순옥이 아줌마의 원망스러운 눈총을 받았다. 전단에는 트램펄린에서 운동하면 충격이 잘 흡수되고 관절에 무리가 덜 간다고 적혀 있었다. 점핑 트램펄린 위에서 음악에 맞춰 운동하면 살 빼는 것도 재미있을 것 같았다. 바로 등록했고 지금까지 점핑은 일상이 되었다.

2년 전 유튜브를 보다가 새벽에 일어나는 사람들과 인연이 되었다. 일찍 일어나서 공부하는 사람들이 위대해 보였다. 나도 일찍 일어나서 함께하면 멋진 사람이 될 것 같았다. 하지만 나는 새벽에 잠드는 날이 많다. 자려고 누워서 스마트폰을 본다. 카카오톡 확인하고 인스타그램에 '좋아요' 누른다. 블로그 댓글 확인하고 답글 달다 보면 새벽 두 시가 넘어있다. 새벽 다섯 시에 일어나야 한다는 생각을 하면 잠이 오지 않는다. 그런 날은 알람을 모두 끄고 잔다. 그래야 네다섯 시간이라도 잘 수 있기 때문이다. 새벽 기상은 이렇게 구멍이 숭숭 났다. 그래도 나는 다시 시작한다. 며칠 일어나고 하루 실패하기를 반복했다. 이제는 새벽 다섯 시면 자연스럽게 눈이 떠진다.

자기계발을 시작한 지 올해로 삼 년째다. 그동안 좋은 습관이 다섯 가지 생겼다. 이 습관들은 내가 성장하는데 밑거름이 되었다.
첫 번째, 새벽 기상이다. 새벽 다섯 시 알람이 울린다. 눈을 뜨고 누운 상태에서 복식 호흡을 1분 정도 한다. 일어나서 화장실 다녀오고 유산균과 물 한 잔 마신다. 활짝 웃으면서 셀카 찍고 긍정 확언을 한다. 돋보기를 낀다. 노안이 온 지 몇 년 돋보기는 필수품이 되었다. 책을 읽는다. 다시 읽어보고 싶은 문장에 밑줄을 긋는다. '아~' 하고 공감이 되는 문장은 노트에 옮겨 적기도 한다. 이렇게 모은 문장은 오래전 내 기억을 떠올리게 한다. 글감이 되기도 한다. 내가 운영하는 독서 모임에서는 책에서 뽑은 문장으로 내 경험을 쓰고 발표한다. 독서 모임을 준비하기 위해 문장을 찾으면서 책을 읽는다. 여섯 시 삼십 분이 되면 운동복으로 갈아입고 점핑 클럽에 간다. 저녁에 가던 운동을 새벽에 일어나면서부터 시간을 변경했다. 퇴근 후에는 저녁 준비도 해야 하고 수업이 있기도 해서 빠지는 날이 생기기 때문이다.

두 번째, 책 읽는 습관이다. 꽃이 언제 피고 졌는지 모른 채 계절을 보낼 때가 있었다. 회사 업무를 해내느라 낮에는 쉴 틈이 없었고 퇴근하면 집안일 해놓고 잠자기에 바빴다. 책을 펼치면 몇 페이지 읽지도 못하고 잠들어 있었다. 그랬던 내가 요즘 매일 책을 읽는다. 습관을 들이기 위해 독서 모임을 만들었다. 일주일에 한 번 하는 독서 모임 덕분에 꾸준히 책을 읽을 수 있다.

세 번째, 매일 자기 전에 다이어리를 쓴다. 자기계발을 시작한 첫해까지는 탁상 달력에 메모만 해 놓았었다. 그러다 보니 수업을 신청해 놓고도 못 듣는 일이 생겼다. 친구와 약속하고도 번복하기 일쑤였다. "미안해! 그날 다른 일정이 있는 걸 깜빡했어!"라고 사과하는 횟수도 잦았다. 그러던 중 다이어리 쓰는 커뮤니티를 알게 되었다. 하루를 정리하고 내일을 계획했다. 주말이면 한 주를 정리하고 다음 한 주를 계획한다. 월말에는 한 달 동안 내가 어떻게 살았는지 되돌아본다. 뭘 잘했고 아쉬운 점은 무엇인지 정리했다. 반성하면서 더 잘살아 보겠다고 다짐도 한다. 그리고 다음 달 계획표를 만든다. 중간에 추가되는 일정도 빠짐없이 메모했다. 책상 위에 펼쳐놓고 하루에도 몇 번씩 보면서 체크한다. 요즘은 하루 아니 한 달 일정이 머릿속에 정리되어 있다.

네 번째, 운동을 꾸준히 한다. 평일에 세 번 정도 점핑 클럽에 가고 주말에는 등산한다. 남편이 등산을 좋아해서 같이 다니다가 나도 산을 좋아하게 되었다. 정상까지 오른 뒤 내려오면 성취감은 말로 표현할 수 없을 정도다. 등산에 매력을 느끼고 있을 즈음 설악산 대청봉을 등반했다. 눈 쌓인 대청봉을 다녀온 후 삼일 정도 내몸은 손가락으로 살짝만 눌러도 아팠다. 그랬던 나는 평일에 운동하면서 체력이 좋아졌다.

다섯 번째, 멘탈 관리를 꾸준히 한다. 위에서 언급했던 것처럼 아침에 일어나면 웃는 얼굴 사진을 찍고 긍정 확언을 한다. 원하는 내 모습을 다이어리 맨 앞장에 적어놓았다. 예를 들면 나는 자신감 있고 당당하면서 겸손한 사람이다. 나는 생각을 행동으로 실천하는 사람이다. 나는 내일을 위해 최선의 선택을 하는 사람이다. 나는 모든 일에 정성을 다하는 사람이다. 라고 적어놓고 아침마다 소리 내어 읽는다. 그리고 감사 일기와 셀프 칭찬을 한다. 미소 셀카는 웃으면서 하루를 시작하기 때문에 엔도르핀이 분비되어 기분이 좋아진다. 긍정 확언은 나 자신한테 긍정적인 메시지를 전달할 수 있어서 자신감을 높일 수 있다. 이 습관들은 목표한 대로 살아가는 데 도움이 된다. 감사 일기와 셀프 칭찬은 긍정적인 마음가짐을 유지할 수 있다. 주변 사람들에게 감사하는 마음을 가지다 보면 관계를 향상하는 데도 도움이 된다.

좋은 습관을 형성하려면 한 가지 루틴이 익숙해진 후에 다른 루틴을 하나씩 늘려가는 방법을 실천해 보자. 그리고 계속해서 반복하다 보면 의식하지 않아도 습관이 만들어진다. 실패는 습관 형성 과정의 일부라는 것을 잊지 말아야 한다. 그렇기 때문에 실패를 받아들이고 다시 시작할 수 있는 유연성을 유지하는 것도 중요하다. 성장하는 삶을 위한 나의 좋은 습관 만들기 프로젝트는 계속될 것이다.

자기계발의 미학

좋은 습관이 삶의 질을 바꾼다

손청희

오른쪽 무릎이 얼얼하게 아팠다. 똑바로 펴지지 않았다. 아침에는 괜찮은 듯했다가 저녁때면 통증이 더 심해졌다. 걷다 서기를 반복하며 오래 걷지를 못했다. 친구들은 내 가방을 들어줬고 천천히 발맞춰 걸어 주었다. 산과 들을 뛰어다니지도 못했고, 좋아하는 체육 시간 피구도 못했다. 학교 빠지기를 밥 먹듯 했고 주변 사람들에게 걱정을 끼쳤다. 중학교 3학년 때였다.

엄마의 고생은 이만저만이 아니었다. 나를 근심 어린 표정으로 물끄러미 쳐다보고 있었다. 자다 깨어보면 내 무릎에 약을 바르고 계셨고, 따뜻한 물수건으로 갈아 주셨다. 어느 날은 뜨거운 방한복을 씌워 놓기도 했다. 용하다는 사람을 찾아다녔다. 쑥뜸을 뜨고, 침을 수십 바늘을 꽂기도 했다. 큰 주삿바늘로 나쁜 피를 뽑기도 했다. 먹는 약은 늘어났고 새로웠다. 양약 한약 누리끼리한 약 새까만 약 냄새는 고약했다. 맛도 없는 쓴 약을 꾸역꾸역 먹고 마셨다. 산에서 캐 온 나무뿌리로 만든 식혜는 그래도 제일 먹을 만했다. 나중에 안 사실이지만 내가 마신 약 중에는 고양이 수프도 있었다는 사실에 경악했다.

가슴이 답답했다. 숨쉬기가 힘들었다. 다리 아파 걷기가 힘든 것도 있지만 조금만 걸어도 숨이 턱턱 막혔다. 오르막을 올라가기 힘들고 계단을 오를 수가 없었다. 작은 어머님이 잘 안다고 소개해 준 부산 큰 병원을 찾았다. 의사 선생님이 증세를 다 듣더니 가슴 엑스레이 사진을 찍었다. 다리를 안 찍고 가슴 사진을 찍는 게 이상했다. 까만 필름 한 장이 모든 근심 걱정을 해결해 줄 줄은. 병명은 결핵성늑막염이라고 했다. 폐에 물이 가득 차 있단다. 물 빼고 폐 치료하면 다리는 괜찮을 거라고 했다. 맥주병 한 병 넘는 양의 물을 빼고 한 달 치 약 받아 집으로 왔다. 고등학교 1학년, 1년 동안 휴학했다. 병원 다니면서 주사 맞고 약 잘 챙겨 먹었다. 마음이 편해서인지 깔끔하게 회복되었다. 쉬면서 나쁜 습관도 저절로 고쳤다.

나만 아는 나쁜 습관 때문이었다. 언제부터 그랬을까 연필심을 꼭꼭 씹어 먹었다. 딱딱한 돌을 톡톡 깨물어 먹었다. 먹을 것이 없어서 그런 것도 아닌데 왜 그랬는지 정말 모르겠다.

지금 생각하면 쥐구멍에라도 들어가야 할 판이다. 엄마께 죄송하고, 식구들한테도 미안하다. 친구들과 주변 사람들에게도 얼마나 많은 폐를 끼쳤는가. 일생일대의 실수이자 죄인이 되었다. 몸이

자기계발의 미학

아프면 개고생한다는 것과 절대로 해서는 안 되는 행동을 하면 안 된다는 것을 그때 절실히 알았다.

　자랑하고 싶은 좋은 습관도 있다. 난 다이어트가 쉽다. 보통 살 찌기는 쉽고 빼기는 힘들어하는 게 다이어트다. 날씬한 친구가 부러웠고, 조금만 살을 뺐으면 하는 마음으로 살았다. 그 습관을 들이기 전에는. 둘째 아이를 임신했을 때다. 에라 모르겠다. 이왕 나온 배 표시도 안 나는데 먹고 싶은 것 실컷 먹자며 잘 먹었다. 많이 먹었다. 먹는 것이 눈에 띄면 다 먹었다. 아이를 낳고 한 달 뒤 친정엄마가 오셨는데 나를 못 알아볼 정도였다고 했다. 아, 어떡하지? 아이를 또 가질 수도 없고 먹는 걸 포기할 수도 없어 난감했다. 이 살을 어떻게 빼지? 초등학교 때 심심하면 한 맨손체조가 생각났다. 할 수 있는 쉬운 것부터 하자고 마음먹었다. 수시로 했다. 시작하기 전에 팔을 쭉쭉 늘려주는 스트레칭도 빼 먹지 않았다. 순서가 생각이 안 나면 안 나는 대로, 머리 팔목 허리 다리 제자리에서 걷기 뛰기 체조를 했다. 반복, 또 반복했다. 같은 시간에 꼭 하는 건 아니었지만 꾸준히 했다. 하고 나면 기분이 좋았다. 시원했다. 틈만 나면 몸을 뒤틀었고, 뛰고 또 뛰었다. 요즘은 국민체조가 유튜브에 많아서 따라 하기도 참 좋다. 먹는 것도 눈물을 머금고 줄였다.

　남편이 훌라후프를 사 왔다. 왜 사 왔는지는 모르겠다. 집에 있으니 해 본다는 마음으로 시작했다. 난생처음 해 보는 훌라후프는 한 번을 제대로 돌아가지 않았다. 오기로 자꾸 연습하니 할 수 있게 되었다. 허리를 돌려가며 배를 꾹꾹 눌러주는 힘이 좋았다. 음식을 많이 먹어 배부를 때 하면 뱃속 정리 정돈이 되는 듯, 소화도 잘되고 변비에도 좋았다. 보이는데 두고 수시로 훌라후프를 돌렸다. TV 볼 때 하면 제격이었다. 요즘도 공원이나 산, 운동기구가 있는 곳에 가면 훌라후프가 제일 반갑다. 쇠로 된 크고 무거운 것도 있는데 그것도 아주 잘 돌린다. 수영과 요가도 해봤는데 오고 가는 것도 귀찮고, 나와 맞지 않는지 살이 빠지지 않았다. 맨손체조와 훌라후프는 밥 먹듯 일상이 되었다. 삼십 년 넘게 꾸준히 해 오는 좋은 습관이다. 덕분에 원래의 몸으로 돌아왔고 일정한 몸무게를 유지할 수 있다.

바꾸고 싶은 습관도 있다. 미루기와 게으름이다. 계절이 바뀌면 옷도 이불도 정리해야 한다. 미루다가 도저히 덥거나 추워서 잠을 못 자거나 밖에서 창피를 당하거나 불편을 느껴야만 할 정도다. 매번 계획하지만 실패했던 이유를 알게 해 준 책을 읽었다. 그레첸 루빈의 《나는 오늘부터 달라지기로 결심했다》이다. 이 책은 자신이 어떤 성향인지 파악한 후 자기에게 맞는 전략을 짜서 습관을 바꿀 수 있다고 주장했다. 놀라웠다. 나를 정확하게 알 수 있었다. 좋은 습관 한두 가지는 있지만 애써도 들이지 못하는 습관이 있다고도 했다. 미루기와 게으름, 새해 계획은 내 의지로는 절대 고칠 수 없음을 알았다. 다른 사람들과 함께할 때 성과를 낼 수 있단다. 나 자신과의 약속은 못 지켜도 다른 사람과의 약속은 꼭 지키는 성향이었다. 꼭 맞았다. 힘든 습관을 고치려면 어떻게 해야 하는지

　　　　　　　　자기계발의 미학

를 확실히 알게 되었다.

　우연히 발을 들여놓은 자기계발 시장은 별천지였다. 좋은 습관을 들이기에 딱 좋은 곳이다. 2년이 지나면서 마음에 쏙 드는 커뮤니티를 알게 되었다. 칠십 명의 회원이 있는 이 공동체를 사랑한다. 감사한다. 감미로운 음악과 신선한 글귀로 시작하는 〈나미모(나누며 성장하는 따뜻한 틀)〉. 새벽 5시면 그 주에 담당 자기 님이 어김없이 문을 연다. 각자 자기가 하고자 하는 공부를 하면 된다. 나다움을 찾아가며 서로 격려하고 이끌어 준다. 무엇보다 모르는 것 물어보면 친절하게 잘 가르쳐 준다. 아이디어도 재밌고 효율적인 프로그램이 많다. 낭독, 영어 읽기, 동화, 음식, 운동(맨발 걷기, 스트레칭), 독서, 글쓰기, 영상, 다이어리, 그림 등 다양하다. 참여도도 높다. 나는 책 읽기와 글쓰기에 함께하고 있다. 열심히 자기계발을 하는 실력자들이 다 모인 듯하다. 그 속에서 나는 배운다. 좀 더 나은 나를 위해 공부를 한다. 새벽 기상을 하고 이부자리를 정리하고 책을 펴는 일이 이어지고 있다는 것만으로도 10년쯤 후에는 풍요로운 삶이 되지 않을까.

　습관을 바꾸는 것은 여간 힘든 게 아니다. 사람들의 응원 속에서 스트레스받지 않고 즐겁게 루틴을 만들어 간다. 내 몸이 기억할 수 있도록. 미래의 나의 모습은 지금 내가 하는 생각과 행동들이기 때문이다. 좋은 습관은 삶의 질을 바꾼다.

잘 자라라 잘 자라라

신승희

음양탕. 뜨거운 물 반을 받고 위에 찬물을 받는다. 건강을 위해 시작한 루틴이다. 복용 중인 약을 물과 함께 천천히 마시며 하루를 시작한다. '아이는~' 하고 다정하게 부르는 소리로 내 입꼬리를 올리면서 셀카를 찍는다. 웃는 게 어색해서 잘 못 했는데 요즘은 제법 잘 웃는다. 조만간 내 표정도 아이처럼 밝아질 것이라 기대한다. 얼굴 인증샷이 끝나면 루이스 헤이의 《하루 한 장 마음챙김 긍정 확언 필사집》을 낭독한다. 올해는 《trust life(하루 한 장 마음챙김 긍정 확언 필사집 영문판)》책도 함께 낭독한다. 그렇게 매일 읽는 긍정확언과 영어 문장 읽기는 2분~5분을 넘지 않는다. 작년에는 꾸준하게 영어 공부도 다시 하겠다고 다짐했었다. 그러나 실패했다. 낭독할 때 시간이 많이 소요되는 루틴은 잡지 않는다. 어렵거나 시간이 오래 걸리면 곧장 무너져 내리기 때문이다. 오히려 가랑비에

자기계발의 미학

옷 젖듯이 작게 하는 행동들이 꾸준히 하게 만드는 것 같다.

내가 성장하기 위해서는 건강이 중요하다. 새벽 기상을 열심히 했던 시절이 있었다. 갑상선 기능저하증이 있다. 처방 약을 먹어도 항상 피곤했다. 의사 선생님은 잠시 약 복용을 중단하고 호르몬 수치를 지켜보자 했다. 한두 달 후에 다시 검진을 해 보자는 말이었는데 나는 병원에 가지 않았다. 약을 먹어도 소용없다고 생각했다. 규칙적인 생활과 식습관을 개선하면서 자연면역을 올려볼 작정이었다. 그런데 어느 날 몸에 반응이 나타나기 시작했다. 아침에 일어나면 어지러워서 똑바로 걸을 수 없었다. 꽃게처럼 옆으로 걷다가 바로 식탁 의자에 앉아 있어야 할 때도 있었다. 다른 문제가 더 생겼나 싶어서 진료를 다시 받았다. 콜레스테롤 수치도 높아져 있고 당뇨도 위험수위라 한다. 한 달 뒤 바로 재검하러 오라 했다. 빈혈 수치도 낮아 빈혈 약도 처방받아서 먹기 시작했다. 이번에는 게으름피우지 않고 꾸준히 약을 먹으며 걷기로 했다. 아이들을 학교 보내며 함께 걷고 은계호수공원을 한 바퀴나 두 바퀴 정도 걷고 들어왔다. 예전엔 몸이 무거운 느낌이 들어 조금만 걸어도 피곤하고 숨차고 다리가 아팠다. 그런데 약을 먹으면서 운동하니 숨도 덜 차고 몸이 가벼워지고 상쾌했다. 이번에 알았다. 건강은 평소에 꾸준하게 챙겨야 한다는 것을.

충실히 살아낸 하루를 위해 다이어리를 쓴다. 예전에 쓰던 다이어리는 할 일만 나열하고 했는지 안 했는지 확인하는 기록장에 가까웠다. 지금은 성찰할 수 있는 질문이 담긴 다이어리를 쓴다. 내가 기획한 일을 통해 얻고자 하는 결과가 무엇이냐는 질문은 태도를 점검하게 한다. 이게 재미있다. 즐거움과 재미 또한 빠질 수 없다. 하루 안에 다이내믹한 이벤트는 없어도 내 할 일을 확인하는 시간만으로도 즐겁다. 소소한 보상인 것 같지만 크게 만족한다. 바빠서 쫓기듯 하루를 보낼 때는 그마저도 못할 때가 있다. 그래서 꾸준히 다이어리를 쓴다. 일상 중 틈나는 시간에 한 줄 메모나 하루 기획한 일정들을 끄적여 본다. 인사는 무조건 미소와 함께, 미소와 경청은 늘 배움을 이끈다. 등굣길에 아이들에게 사랑하는 마음과 눈길 주는 시간 갖기 등 메모해 놓은 원래의 목적을 읽고 실천하려고 한다. 그것만으로도 나를 다정하게 살피는 느낌이 든다. 내 하루 안의 감정과 일과를 잘 살펴보는 시간이 좋다. 등교 버스를 타기 위해 지나는 길에 아이들이 졸업한 어린이집 차량이 지나간다. 운전 실장님과 선생님은 여전히 웃으며 손을 쭉 뻗어 흔들고 인사를 한다. 등굣길마다 마주치는 이름을 모르는 이웃도 생겼다. 우리 아이에게 학교 잘 다녀오라는 인사도 볼 때마다 건넨다. 나와 가족에게 보내주는 다정한 말과 눈빛이 좋다. 나도 그렇게 다정함을 실어주는 사람이 되고 싶다. 그렇게 나는 쓰고 나눈다. 긴 글이 아닌 내 하루 메모의 끄적임과 응원일 뿐일지라도. 다른 사람에게 자극이 되어 그들을 일으키게 하는 동력과 격려가 된다는 사실을 잘 알기 때문이다.

나는 수업 자료 모아두는 것을 잘한다. 처음에 캘리그라피를 배

자기계발의 미학

울 때 연습 과정이라고 해서 버려졌던 내 작품이 교육할 때 유용하게 쓰였다. 개구리가 올챙이었던 때를 모른다고 하지 않던가. 고쳐야 할 것, 어려워했던 부분, 실수했던 부분들이 처음 배우는 학생들에게 도움이 되었다. 이제 수업 시간에 배우며 쓴 서툰 첫 글까지 모두 모아두는 습관이 생겼다. 첫 글과 첫 그림들은 귀한 배움의 자료가 된다. 훈련하다 잘 쓴 것만 남기고자 했었다. 그런데 글과 그림은 나아지지 않고 수업 때와는 달리 더 어려워질 때도 있었다. 배웠던 것들이 생각나지 않고 내 손은 다시 안되는 못난 손이 될 때도 있었다. 내가 깨달은 후회들을 수강생은 겪지 않게 해드리고 싶었다. 그래서 내가 수업할 땐 수업 내용뿐 아니라 습관적인 부분을 다룬 이야기도 강의할 때 설명한다. 수업 시간보다 끝난 후에 연습하는 환경 설명에 더 공을 들인다. 물론 나보다 훌륭한 분들이 많아서 외려 내 코칭은 첨삭지도를 받듯이 다시 내게 돌아오기도 했다. 그래도 감사 인사를 받는 편이 더 많았다. 그런 분들은 모두 나처럼 육아 중이면서 여러 공부나 일을 병행하는 경우였다. 캘리그라피를 배우러 왔다가 인생을 배우고 간다는 말을 들려주는 분도 있었다. 배움뿐 아니라 일상의 삶에도 도움을 주는 캘리그라피 선생님이 되고 있다.

　잘 자라라 잘 자라라. 수박이 먹고 싶으면 수박씨를 심고 물을 주어야 할 것이다. 정성스러운 손길과 마음을 담는다. 잘 자란 나를 만나고 싶다. 내 아이도 가정도 만나는 사람들에게도 도움이 되는 사람이 되고 싶다. 아침에 거울을 보며 미소 짓고 긍정의 말을 들려주고, 다이어리를 쓰면서 나를 키운다. 이렇게 나만의 꾸준함을 심는다. 꾸준함은 모든 배움의 기본자세와 태도였다. 가르쳐보니 재능을 익히기에 앞서 환경설정을 잘해두는 것이 무엇보다 중요했다. 마인드 세팅이 우선이었다. 나만의 성장에 필요한 긍정습관의 씨를 뿌려 조금씩 정성스레 다듬어가고 있다.

꾸준함이 만들어낼 나를 상상한다

양은영

모범생. 배움에 대한 궁핍이 대접받게 했다. 무상 보급된 교과서로 이뤄낼 수 있는 최고의 칭찬이었다. 부모님이 4남매를 키우기엔 형편이 빠듯했다. 멜로디언이 피아노였고, 교과서가 컴퓨터였던 때다. 그러니 학교 공부만 잘할 수밖에. 피아노를 배우고 싶었던 마음은 서른일곱 살에 피아노 학원을 다니면서 해소되었다. 인생의 즐거움이 뭐냐고 물으면 배우는 것이라고 단번에 대답한다. 배워서 채워진 지식에 성취감이 폭발한다. 이십 대가 끝나기 전까진 삶이 생각한 대로 이루어질 것이라고 믿었다. 그래도 하고 싶은 것을 할 수 있는 자유가 있었으니까. 결혼 후 서른두 살에 엄마가 되면서 나의 성장을 위한 배움은 사전 통보도 없이 끝났다. 아이들을 훌륭하게 키워내고 싶은 것이 그 시절 인생 목표로 바뀌었으니까. 한국사능력시험을 보고 우리 아이들에게 역사를 가르쳤다. 어른이 돼서 애국심의 감정을 이해하는 시간이었다. 독서지도사 자격증을 따서 아이들을 위한 책을 읽어주었다. 우리 아이들을 위해 배우고 가르치면서 행복했다. 10년 전 두 번째 꿈을 꾸면서 나의 성장을 위한 배움의 여정이 다시 시작되었다. 자기계발서를 읽으면서 지치지 않는 열정을 유지할 수 있었다. 엄마, 아내, 며느리 역할을 하며 공부하기란 쉽지 않았다. 그래서 온라인 강의를 들었다. 요리하면서 들었고 설거지하면서도 들었다. 청소할 때는 이어폰을 꼈다.

좋은 책을 읽거나 강의를 듣고 난 뒤 감동과 깨달음을 주는 지혜들을 기록으로 남겨두고 싶어졌다. 읽은 책과 영상의 내용을 요약해서 메모하기로 했다. 스마트폰 앱을 켜서 사진을 넣고 텍스트를 입력했다. 기록으로 남겨 놓으니 필요할 때 금방 찾을 수 있었다. 지인들에게 아침마다 좋은 메시지를 함께 공유할 수 있어서 뿌듯했다. 그들이 전해주는 답 메시지에 한 번 더 동기부여 되었다. 습관이 되려면 지속성이 있어야 했기에 목표를 만들었다. 내가 남기고 갈 발자국 중에 인생에 대한 깨달음을 삼 형제에게 남겨 줄 책으로 만들어보리라. 꿈꾸는 청년들의 키다리 아줌마가 되었을 때, 청년들에게 힘내라고 선물해야겠다며 포기하지 않아야 할 의미를 부여했다. 코로나 거리두기 시절의 2년 동안 매일 모닝 독서 카드를 만들었다. 이제는 습관이 되었다. 매일의 생각과 메시지를 기록하지 않았다면 다 사라졌을 것이다. 고스란히 가질 수 있어서 지나간 시간이 현재에도 함께 머무는 것 같다. 현자들의 메시지를 삶에 적용하니 멘탈이 점점 강해지고 목표는 더욱 선명해졌다. 행동하는 것을 습관으로 만들기 위해서는 간절함이든 책임감이든 당위성이 있어야 한다. 포기하지 않고 버텨내는 힘이 되어주기 때문이다. 자신을 지휘할 수 있을 때 성장은 지속된다.

직업상 사람들 앞에서 강의할 때가 많다. 내 강의의 슬로건은 '하나라도 얻어가게!'다. 정보가 되었든 삶의 지혜가 되었든 말이다. 나의 이야기에 생각을 바꾸고, 진로를 바꾸고, 인생을 바꿔보겠다는 사람들이 하나둘 생길 때마다 행복하다. '내가 꿈을 이루면, 나는 누군가의 꿈이 된다.'는 말이 떠오른다. 내가 갈 길을 명확히 찾고 그 길을 걸어가니 자신감이 생긴다. 매일 아침 찾아오는 새로운 하루가 반갑다.

어른이 되어 시작한 공부 덕분에 마흔세 살이 되어 잃어버렸던 꿈을 다시 찾아 이루었다. 처음 계획보다 긴 시간이 걸렸다. 선명해진 내 인생의 로드맵을 따라가다 보니 이력서에 직업 하나가 추가되었다. 건강학 교수가 되었다. 지금 생각하면 신기하다. 실험실에서 건강을 위한 신약을 찾겠다고 매진했던 나는 사라졌으나, 두 번째 꿈을 꾸기 시작하면서 선택한 배움이 나를 교수로 만들어줬다.

2019년 가을, 아주 오랜만이라는 말로도 적절하지 않은 특별한 만남이 있었다. 졸업 후 20년 만에 만난 후배, 그녀는 교수였다. 내 직업을 듣더니, 유레카를 외치며 기뻐했었다. 생명공학 베이스에 건강기능식품학을 뒤섞을 수 있는 교수를 찾고 있었단다. 기적처럼 나를 만났다고. 대학 강단에 선 나를 상상하니 아찔했다. 전공 서적을 내려놓은 지 10년이 넘었는데, 강단 위 주인공이 될 수 있겠냐 말이다. 특강 한 번으로 넘기려다가 나는 교수가 되었다.

"우리 학교 학생들은요, 부모님, 선생님 그 어떤 어른에게도 지지를 받아 본 적이 없는 친구들이 많아요. 졸업하고 사회에 나갈 때 지원할 수 있는 직업 분야가 하나 더 생겼으면 좋겠어요. 언니의 강의를 통해 그들에게 꿈이 생길지도 모르잖아요. 졸업하기 전에 하나라도 더 경험하고 기회를 잡았으면 좋겠어요. 도와주세요."

내 인생의 사명감이 꿈 지지자 아니었던가. 도움이 된다면 해야지. 자신이 없어도 노력해서 해야지. 강의안을 준비하던 첫해 1년은 주경야독의 스트레스가 최고치였다. 강의를 위해 일주일 동안 100장 내외의 강의 자료를 준비해야 했다. 매주 새로운 내용을 채워야 했기에 책도 많이 읽어야 했다. 최신 정보를 늘 찾아야 했다. 학회지 논문과 정부의 정책까지도. 시간이 부족했다. 잠을 포기해서 시간을 만들어냈다. 강의를 준비하면서 본업에서도 더 큰 성장을 이루어 냈다. 하나를 위해 행동했는데 더 많은 것을 얻게 되었다.

노력은 땅에 떨어지지 않는다는 말이 있다. 지금은 아무것도 아닌 것 같아도 내 안으로 들어온 것은 반드시 쓸모가 있다. 소소한 일상이 쌓여서 큰일을 해냈다. 잃어버린 줄 알았던 꿈을 찾았으니까.

첫 강의하던 날, 학교에 들어서면서 눈물이 났다. 실험실 기구, 독특한 냄새, 기계 돌아가는 소리, 분주히 움직이는 대학원생들의 슬리퍼 소리. 사라졌던 20년 전의 과거가 다시 연결된 느낌이었다. 준비된 사람들에게 기회가 온다고 했던가. 코웃음 쳤었는데 나는 살면서 그 경험을 했고 이제 믿는다. 꿈이 있는 사람은 그 꿈을 놓지 않으면 반드시 이룬다. 인생은 끝날 때까지 끝난 것이 아니다. 그러니 게으름 피우지 않고 준비를 늘 할 수밖에 없다. 내 삶의 2막, 3막이 어떻게 펼쳐질지 모르기 때문이다. 닥치는 대로, 능력을 끌어내서 내 삶에 열중한다면 행복한 시간으로 기억될 인생길이 열릴 것이다. 우리는 리더라는 말에 움츠러든다. 그러지 마라. 우리는 리더가 될 수 있다. 누군가를 부러워하고 있다면 곧 성장이 따라올 것이다. 부러우면 이기는 것이니까. 하면 된다. 리더는 타인을 이끄는 사람이라고 생각하는가. 아니다. 리더는 자신을 이끄는 사람이다. 세상에서 제일 무거운 것이 눈꺼풀이라고 하지 않나. 그 눈꺼풀을 들어 올리는 의지력이 우리를 바꿔줄 것이다. 나를 이기고, 나를 들어 올리는 것을 뭐든 시작하자. 그 노력과 배우는 시작이 놀라운 내 삶의 변화에 첫 디딤돌이 될 것이다.

새벽 기상으로 얻은 나만의 시간

어수혜

2021년 겨울, 본격적으로 새벽 기상을 하기로 했다. 전날 밤 새벽에 할 루틴들을 종이에 적어두고 일찍 잠자리에 들었다. 네 시 삼십 분에 알람이 울리자 벌떡 일어났다. 소파에 앉아 정신을 차리고 책을 읽었다. 사이클을 타고 스트레칭도 했다. 출근 준비하던 남편은 나를 보더니 '네가 하면 얼마나 하겠냐?'고 말했다. 새벽 기상을 시작하고 십여 일 후, 대규모 미라클 모닝 챌린지에 참여하게 되었다. 다섯 시부터 줌에 접속해 함께 공부하는 모임에도 가입했다. 일어나자마자 줌을 켜고 한 시간 동안 집중해서 공인중개사 공부를 했다. 처음 몇 달은 나를 드러내는 것이 부끄러웠다. 핸드폰 카메라를 얼굴이 아닌 책상으로 비췄다. 줌 화면에서 책장을 넘기며 필기하고 있는 내 손이 보였다. 신기하고 재미있었다. 평소에는 회사와 집만 오가다 보니 만나던 사람들이 한정되어 있었다. 그런데 새벽부터 열정적으로 공부하는 사람들과 함께하니 신세계에 온 것 같았다. 집중하는 사람들을 보면 저들처럼 멋진 사람이 되고 싶었다. 새벽의 고요함을 느끼며 나도 점점 그 분위기에 스며들었다. 그 시간이 좋아졌다.

처음에는 매일 같은 시간에 일어나는 것 자체가 도전이었다. 그해 계속 공부한 끝에 공인중개사 시험에 합격했다. 그동안 자격증 공부만 하다 보니 다른 것도 배우고 싶었다. 앞으로 뭘 해야 할까 고민이 되었다. 하고 싶은 것들을 적어보고 하나씩 해 보기로 했다.

우선 책을 읽고 싶었다. 공부 친구들이 추천한 책들부터 읽었다. 부동산 공부가 끝나고 여유 있게 책을 읽으니 더 재미있었다. 독서 모임에도 가입했다. 한 달에 두 권씩 책을 읽고 이야기를 나누었다. 시간이 갈수록 회원들과 함께 읽은 책들이 쌓였다. 이야깃거리도 풍성해졌고, 내 고민도 회원들과 내 고민도 스스럼없이 나눌 수 있게 되었다. 2023년 1월부터 시작한 아이캔유튜브 대학에서도 학기마다 두 권의 책을 정해주었다. ≪백만장자 시크릿≫, ≪회복탄력성≫, ≪미움받을 용기≫, ≪그릿≫, ≪소유냐 존재냐≫, ≪장하준의 경제학 강의≫, ≪오래된 미래≫, ≪사람·장소·환대≫라는 생소한 책도 읽게 되었다. 여러 경로로 좋은 책을 알게 되어 2023년에 총 68권의 책을 읽을 수 있었다. 책 사이의 지식을 서로 연결하여 해석하는 재미도 있었다. 대학 시절 독서 토론 동아리를 할 때는 몰랐다. 읽고 생각을 나누는 과정이 이렇게 즐거운 줄이야.

스트레칭도 중요한 루틴이다. 어깨 통증이 심할 땐 날갯죽지까지 아팠다. 오후가 되면 자리에 앉아 있기 어려울 정도로 심해졌다. 자세 탓이었다. 어렸을 때부터 엄마한테 많이 들은 말은 "어깨 펴!"였다. 매번 잔소리를 들어도 그때뿐이고 쉽게 고쳐지지 않았다. 등에 힘이 없어 한 번 쭉 폈던 어깨는 이내 다시 말려들어 구부정해지곤 했다. 처음 스트레칭 영상을 보았을 때는 안 되던 동작도 꾸준히 하니 몸에 붙고 자연스러워졌다. 학원에서 배운 폼롤러와 고무밴드를 이용한 교정 방법도 도움이 되었다. 조금씩 등에 힘이 붙는 게 느껴졌다. 이제는 보는 사람마다 요즘 무엇을 했길래 자세가 좋아졌냐며 묻는다. 아무것도 한 게 없다고 대답하면서도 기분이 좋아 입꼬리가 올라갔다.

2023년 1월부터는 여섯 시 사십 분부터 이십 분간 '입이 트이는 영어(이하 '입트영')'라는 EBS 라디오 프로그램을 거르지 않고 들었다. 회사에서 수출 업무를 맡아 외국 업체와 소통해야 했는데, 실력이 부족해 애를 먹던 참이었다. 회화와 발음에 자신이 없으니 전화보다는 메일로 보내달라고 부탁할 정도였다. 아쉬움을 덜고자 시작한 입트영은 원어민 발음을 들으며 낭독을 연습할 수 있게 구성되어 좋았다. 몇 달이 지나니 발음에 자신감이 붙었다. 영어가 취미라고 할 정도로 재미있게 공부했다. 입트영을 시작하고 7

자기계발의 미학

개월 뒤 생애 첫 유럽 여행을 가게 되었다. 걱정은 되었지만 모든 일정을 짜고 각각 예약했다. 순조로이 여행을 이어가던 중, 숙소에 문제가 생겨 버렸다. 출국 전 멋진 리조트의 예약을 해두었는데, 이후 날짜를 변경한 것이 처리가 안 되어 있었다. 예약 변경에 대한 추가 금액도 미리 결제했으니 잘못될 리가 없었다. 그러나 불행히도 리조트 컴퓨터에는 우리 예약은 전날에 이미 만료되었고, 남는 방도 없었다. 당황해서 식은땀이 났고 머리가 멍해졌다. 수습하려 했으나 일요일 저녁이라 한국 사무소와는 통화도 안 되었다. 여행사이트의 현지 고객 센터는 여러 부서로 전화를 돌려가며 환불이 어렵다는 말만 되풀이했다. 두 시간 넘게 진땀을 흘리며 통화한 끝에 결국 환불받기로 하고, 늦게나마 다른 호텔로 갈 수 있었다. 즐거운 기분으로 매일 20분씩 듣고 따라 한 영어는 내가 스스로 처리할 수 있는 일의 가짓수를 늘렸다. 내 의사와 감정을 더 잘 표현하려면 꾸준한 공부가 필요하다. 영어를 잘하면 어떤 일이 생길까. 산티아고 순례길을 걷다 만난 사람들과 즐겁게 대화하는 것을 상상해 본다. 나이가 들어 한국을 찾는 여행자에게 지역 명소를 소개해 주는 할머니 가이드가 되는 것도 좋겠다는 생각에 설렌다.

아침 루틴이 어느 정도 안정되자 경제신문을 읽기 시작했다. 시간이 되는 날은 자세히, 없는 날은 머리기사와 부동산 위주로 읽었다. 얼마 전부터는 구리, 원유, 환율이 동시에 크게 오르는 상황이 눈에 보였다. 회사 제품의 주재료는 구리와 알루미늄이다. 따라서 구리 가격이 폭등하면 당연히 수익이 나빠질 수밖에 없었다. 그래서 매일 구리의 가격 변동을 기록하고 원가 상승에 대비하는 쪽으로 업무를 진행했다. 호기심에서 읽기 시작한 신문이 업무를 바라보는 시선도 넓혀주었다. 월 2만 원에 주 6일 동안 문만 열면 신문이 와 있다. 이보다 가성비 좋은 투자는 없을 것이다. 매일 새로운 소식으로 하루를 살아갈 힘을 얻는다.

두 시간 일찍 루틴으로 여는 하루는 시작부터 괜찮다. 콧노래를 부르며 출근 준비를 하는 나를 보고 남편은 아침부터 뭐가 그렇게 좋냐며 부러워한다.

출근하지 않는 주말에도 같은 시간에 일어나 열 시까지 나만의 시간을 가진다. 새벽 독서 모임에 참여하거나 음악을 들으며 미뤄둔 것들을 차분히 해나간다. 출근 걱정 없고 졸리면 언제든 잘 수 있다 보니 마음이 편하고 집중도 잘된다. 일주일 중 이 시간이 제일 기다려지는 이유이다.

아무리 하고 싶은 게 많다고 해도 한 번에 다 할 수는 없다. 몸이 허락하는 한도 내에서 해야 하고 수면의 질도 신경 써야 한다. 아이들과 일도 소홀할 수 없기에 나를 살피는 시간, 쉼의 시간이 중요하다. 의무적으로 해야 할 일이나 내키지 않는 일들은 내려놓는 용기도 필요하다. 매일 똑같이 정해 놓은 루틴을 해야 한다고 생각하면 지치기 쉽다. 몸이 원하면 하루쯤 쉬고 다음 날 다시 하면 된다. 몸과 마음을 잘 챙기고, 내가 꼭 하고 싶은 것들로 루틴

자기계발의 미학

을 채워야 지치지 않겠다. 앞으로 새벽 기상으로 얻은 나만의 시간을 어떤 설레는 일들로 채울지 기대된다.

공부는 실력이고 힘입니다

이명희

대학 공부 시작 8년 차입니다. 공부를 시작하고 지금은 공부를 하지 않고 지내던 때와는 다른 생활을 하고 있습니다. 하루 중 업무시간 외에는 공부 생각을 많이 하게 되었습니다. 대학 공부는 강의노트의 내용을 공부해야 하고 독해, 청해, 과제, 중간고사, 기말고사 등. 해야 할 공부가 너무 많았습니다. 운전하면서는 청해 공부에 집중을 했고 지하철에서는 주로 독해와 과제를 했습니다. 해야 할 공부는 끝이 없었습니다. 이 많은 양의 공부를 하면서 나는 알게 되었습니다. 인간이란 주어지고 닥치고 궁지에 몰리면 하게 되고 할 수 있다는 사실을 말입니다. 시간이 없다는 것은 모두 핑계였음을 처음 알았습니다. 힘겹고 벅찬 1년이 지나고 2년 차는 습관이 되면서 공부는 점점 재미있어졌습니다. 청해 공부가 어려웠습니다. 집중력과 순발력이 필요한 청해는 잘 듣고 이해하는 데 집중

자기계발의 미학

해야 했습니다. 청해 공부에 더 집중을 했습니다. 공부 시작 후 일상을 더 바쁘게 보냈습니다. 직장을 다니며 공부를 한다는 것이 결코 쉽지는 않았습니다. 공부할 시간도 없고 하기 싫을 때도 있습니다. 공부가 하기 싫을 때는 생각을 해 봅니다. '나는 왜 공부를 하는가.' 순간순간을 자신과 싸워 이겨야 공부를 할 수 있었습니다. 하루의 계획을 잘 세워야 그날 해야 할 일을 다 할 수 있었습니다. 계획을 하고 목표를 세우면 긍정의 에너지와 의욕 동기부여 그리고 흥미가 생기고 집중력에도 도움이 됩니다. 공부, 일, 휴식을 하는 시간을 잘 조절해야 합니다. 공부는 평일에는 주로 미라클 모닝 시간과 점심시간의 틈새 시간 그리고 지하철에서 했습니다. 하루에 평균 4시간 전후로 했습니다. 업무와 공부를 효율적으로 하기 위해 수면 시간은 6시간에서 7시간을 지켜야 했습니다. 8시간의 회사 업무시간을 포함해 나의 하루의 일정은 루틴이 되어 규칙처럼 돌아가야 했고 습관이 되었습니다. 일상이 된 이 습관은 잡념과 걱정을 줄여 주었습니다. 머리에는 오로지 일, 공부, 과제, 시험밖에 없었습니다. 좋은 습관은 몸도 마음도 건강하게 해 주었습니다.

독서는 매일 30분 정도 낭독합니다. 10페이지 정도를 소리 내서 읽습니다. 소리를 내서 읽으면 기분이 좋아지고 활력이 생겨 재미있습니다. 책을 소리 내서 읽는 것은 머리의 많은 영역이 움직이고 뇌 발달에 도움이 된다는 말을 생각하며 낭독을 합니다. 통역에도 도움이 되었다는 생각이 들면서 낭독하는 독서 방법 잘했다는 생각이 들 때가 많습니다. 공부를 하고 독서를 하면서 자존감이 생겼습니다. 공부 덕분에 자격증을 취득했고 자격증 덕분에 일본 대기업에 취업을 했습니다. 가족에게도 인정을 받는다는 느낌이 들 때는 더없이 행복합니다. 가족처럼 가까운 사이일수록 예의를 지키고 인정해 주고 예쁜 말을 하며 존경해 주면 화목한 가정을 꾸려갈 수 있음을 알게 되었습니다. 공부를 통한 나의 당당하고 자신감 있는 모습이 친구들에게 부러움을 받을 때는 기분이 좋았습니다. 사회적으로도 현역의 한 일원으로서도 긍정적으로 적극적으로 보낼 수 있어 당당합니다. 모든 것이 공부와 독서의 힘에서 온 것임을 자랑하고 싶습니다. 공부라는 습관을 통한 삶의 변화는 무궁무진합니다. 나는 하고 싶은 일과 할 수 있는 일을 감히 상상하고 그려봅니다.

하고 싶은 일이 참 많습니다. 책을 출간해서 강연을 하며 많은 사람들에게 도움이 되고 힘이 되는 사람이 되고 싶습니다. 오늘도 우연하게 공부 이야기를 하는 시간이 있었습니다. 일본어를 공부하시는 K회사 대표님의 어떻게 하면 일본어를 잘할 수 있는지, 비법은 있는지 하는 질문에 저는 자신과 약속을 하는 것보다 중요한 것은 없다고 했습니다. 그 약속을 지키기 위해 잘 보이는 곳에 크게 써 붙여 놓고 매일 인식하고 각인시키는 방법이 큰 도움이 되었다고 했습니다. 나의 말을 듣고 바로 "이 말을 듣는 순간 가슴이 뜨거워지는데요." 하며 놀라워했습니다. 함께 가슴이 뜨거워짐을 정말 오랜만에 느꼈습니다. 나의 말에 공감해 주니 너무 좋았습니다. 가슴이 뜨거워진다는 말은 귓전에서 메아리처럼 계속 울리며 새 힘이 되었습니다. 지금까지 많은 사람들에게 공부법에 대해 질문을 하면 어떤 유튜브를 보면 도움이 된다, 어떤 책이 좋다, 어떤 방송이 괜찮다고 추천해 주었다고 하시며 이런 답변은 처음이라고 했습니다. 제가 한 공부 방법이 갑자기 '뛰어나다, 훌륭하다, 특별하다'는 생각이 들면서 마음이 흐뭇해졌습니다. 이 대표님의 인스타그램에서 나의 공부 방법에 대해 언급한 것을 보고 기뻤습니다.

"엄마가 화를 내고 큰 목소리로 말하는 것을 한 번도 들어 본 적이 없어. 공부하라고 잔소리도 안 했고 무서운 엄마가 아니어서 너무 다행이었어. 지금 생각해 보면 엄마가 많이 고마워."
"엄마, 우리 집의 가보가 될 책, 내가 살아가는 데 힘이 되어 줄 책을 냈으면 좋겠어. 엄마와 나는 하루의 일과를 매일 나누잖아."

딸의 이야기를 잘 들어주는 마음이 건강한 엄마라고 생각했습니다. 딸이지만 늘 마음의 대화를 하는 우리는 특별한 사이이고 귀한 인연이라고 말합니다. 천년지기인 딸과 건강한 대화를 할 때는 "맞아 우리 인간은 영적인 존재임이 틀림없어."를 느끼며 자기 감탄을 할 때도 있습니다. 말이 아닌 대화와 소통이 필요한 우리 인간이라는 존재는 마음의 대화가 너무 필요하고 소중합니다. 모든 엄마와 딸이 대화를 하고 소통을 하지는 않습니다. 늘 나의 복이라고 생각합니다. 나에게는 이런 '지기 같은 딸'이 있다는 나름의 자부를 하며 살고 있습니다. "엄마 나중에는 엄마의 이 책으로 엄마와 나의 소통 시간을 채울 수 있을 것 같아." 딸은 엄마가 사는 모습이 늘 긍정적인 힘이 되었다고 합니다. "엄마는 오늘 통역이 재미있었다.", "이 세상에 엄마 나이에 통역을 할 수 있는 사람 있으면 나와 봐." 같은 엄마가 한 긍정적인 말들은 늘 딸에게 힘을 주었다고 합니다. 딸에게 '우리는 천년지기'라고 했습니다. 딸은 "우리는 만년지기지."라고 했습니다. 모든 것을 나누고 소통할 수 있는 것은 공부 덕분이라고 생각을 합니다. 딸과 천년지기가 될 정도로 소통을 하려면 늘 공부하고 보고 배워야 가능합니다. 딸을 12세에 싱가포르에 홀로 조기유학을 보냈습니다. 1년에 두 번 집에 오는 딸이 싱가포르에 돌아갈 때마다 공항에서 울었습니다. 한 시간도 울고 두 시간도 울고, 울고 또 울고, 울다가 지치면 집에 왔습니다. 보낼 때마다 마음이 너무 아팠습니다. 이미그레이션(Immigration)을 들어가는 그 뒷모습은 늘 나를 울게 했습니다. 보일 듯 안 보일 듯, 한 곳에서 왔다 갔다를 수십 번 하는 동안 남편은 매번 아무말 없이 똑같은 모습으로 그냥 기다려 주었습니다. 남편에게도 고맙고 미안했습니다. 옆에서 귀 한번 제대로 기울여 주지도 못하고 맛있는 밥 한번 제대로 해 먹이지 못하는 딸에게는 늘 미안한 마음이 들었습니다. 제대로 된 교감 한번 할 수 없는 것이 늘 마음에 남고 아팠습니다. 딸에게 유일하게 해 줄 수 있는 것은 공부하는 모습, 열심히 사는 모습을 보여주는 것밖에 없다는 생각이 들었습니다. 열심히 공부하는 나는 딸의 성장에도 큰 영향을 주었습니다. 딸도 혼자서 성장을 잘했습니다. "사춘기를 혼자서 어떻게 이겨 냈어."라는 말에 "사춘기도 비빌 곳이 있어야 하는 거야. 나에게는 사춘기도 없었어." 하는 말에 눈물이 났습니다. 싱가포르 애플에서 프로젝트 담당자로 일을 하며 자신의 재능을 잘 발휘하며 멋지게 보내고 있는 딸이 늘 자랑스럽습니다. 제가 딸에게 할 수 있었던 이 모든 것은 공부의 힘이었다고 말하고 싶습니다.

 '열심히 살았습니다.'는 너무 좋은 말이라고 주위 사람들이 말합니다. 이 말을 어디서든 누구에게든 당당하게, 자신 있게 말할 수 있습니다. '열심히 살았습니다.'는 쉽게 할 수 없는 말입니다. 그리고 새 힘을 주는 말입니다. '열심히 살았다.'는 말에는 참 많은 의미와 희망과 꿈이 담겨 있다는 생각이 듭니다. 이처럼 공부와 독서를 통한 꿈은 늘 희망을 주며 매일 새로운 하루를 보낼 수 있게 해 주었습니다. 무궁무진한 에너지도 주었습니다. 매일이 새날이고 새마음이고 날마다 새 힘을 주는 것은 공부와 독서가 만들어주는 습관의 힘이라고 이 세상에 알려주고 싶습니다. 집에 있는 날은 거의 서재에서 PC와 함께합니다. 공부를 하는 생활이 습관이 되면서 행복해졌습니다. 이보다 좋은 자기 관리는 없습니다. 공부라는 실천을 했습니다. 습관이라는 열매가 열렸습니다. 영혼도 마음도 맑게 해 줍니다. "너는 영혼이 맑다."고 해주는 친구가 있습니다. 저는 "공부를 해서 영혼이 맑아져 지칠 줄을 모른다."고 답합니다.

독감인데 책을 본다고?

이미영

━━━━━━━━━━━━━━━━━━━━━━━━━

예전과 달라졌다. 여행 갈 때도 책을 챙기고 감기 몸살에 독감 증세가 있는 날에도 끙끙대며 책과 안경을 챙긴다. 책을 안 보던 시절에는 상상도 하지 못했던 일이다.

"별일이네. 열이 39도야. 그냥 쉬어."
"책을 봐야 덜 아파. 끙끙 앓는 것보다 읽다가 잠들면 더 나아."

신랑의 의아한 물음에 담담하게 대답한다. 코로나에 걸렸을 때는 무섭기도 하고 걱정도 되었지만 속으로는 밥도 안 해도 되고, 당분간 혼자 조용히 책을 볼 수 있겠구나 생각했다. 공부를 시작하며 가장 많이 변화된 모습은 책을 한시도 놓지 않는 것이다. 신랑도 이제는 졌다며 온 집안 여기저기 발에 걸리는 책도 나무라지

자기계발의 미학

않는다. 언제 찾을지 모르니 치우지 않는 배려도 해 준다. 미용실 갈 때도, 사우나 갈 때도, 대중교통을 이용할 때는 두말할 것도 없다. 외출 전 잠깐이라도 시간이 생길 것 같으면 책을 꼭 챙겨 든다. 물론 어깨만 아프게 헛수고를 한 적도 여러 번 있다. 하지만 핸드폰 챙기듯 꼭 챙기게 되는 책, 없으면 왠지 불안할 때도 있다. 시간 없을 거라는 가족들의 만류 때문에 몰래 가방에 미리 넣어 두기도 한다. 그렇게 잠깐의 시간 속에 읽는 내용은 너무 재미있다. 읽다가 메모지에 생각을 적어 두고 블로그에 포스팅을 한다. 작성한 글 수가 쌓일 때마다 기분도 좋아지고 해냈다는 성취감에 행복해진다. 댓글로 소통하는 분들과 안부도 묻고 책도 나누어 보며 인연을 놓지 말자고 약속까지 하는 사이가 됐다.

시간이 날 때마다 책을 읽고 새로운 일에 도전하며 쉴 틈 없이 24시간을 보냈다. 강의를 들으며 노는 손이 아까워 선물로 줄 보틀 커버를 짰다. 집중하며 강의 들을 시간이 없을 때는 쓰지 않는 핸드폰에 녹음을 하여 수시로 들었다. 〈더 이상의 공부 방법은 없다〉라는 커뮤니티에 이 방법들을 이야기하고 박수를 받은 적도 있다. 당연히 집중은 잘되지 않는다. 하지만 그냥 시간을 흘려보내는 것 자체가 아깝다는 생각이 들었다. 그렇게 시간을 써도 늘 부족했다. 그렇다고 하던 일이나 공부를 멈추는 건 너무 싫었다. 하던 공부에 자꾸 추가를 시키는 성격도 문제가 있음을 인정한다. 지금 아니면 기회가 없을 것 같은 조바심이 자꾸 든다. 내일이라도 좋지 않은 일이 생겨 '그때 미루지 말고 했어야 했어.'라는 후회를 하기 싫어 기회가 올 때마다 공부는 빼기보다는 더하기를 했다.

　주변에서는 쓰러진다고 염려하지만 아직은 잘 버티고 있다. 그렇게 많을 일들을 겪다 보니 놀라운 일이 벌어졌다. 착각이라고 할 수도 있겠지만, 바로 분 단위로 시간을 쓴다는 것이다. 믿기지 않게 모든 일을 빨리 처리하고 미루지 않은 습관이 생겼다. 똑같이 주어진 한 시간이라면 남들보다 배 이상의 속도로 일을 해결하고 있다. 잠을 자더라도 이상하리만큼 잠이 푹 들고 '개운하게 잘 잤다.' 하고 눈을 뜨면 30여 분밖에 지나지 않아 시계를 여러 번 확인한 날도 많았다. 심한 긴장과 강박 속에서 잠을 자는 건 아닌가 고민을 해 본 적도 있다. 자고 난 후의 컨디션은 너무 개운하고 좋아 걱정은 접어 두기로 했다. 참 지독하게 시간을 썼구나 한다. '난 원래 느려. 두 가지 일은 못 해, 바쁘게 살았으니 이제 천천히 살자.' 라고 했더라면 지금의 나는 절대 없었을 것이다.

　과제와 시험 때문에 새벽에 일어나기 시작했다. 잠을 못 이겨 힘든 시간도 있었지만 늦잠 후의 밀려들 후회를 생각하면 벌떡 일어나진다. 조금만 고개를 돌리면 달콤한 잠의 유혹을 제대로 물리쳐 주는 아침 햇살과 싱그러운 초록의 잎사귀들이 있다. 베란다에 나가 잎들과 이야기하고 기지개를 켜면 덜 깼던 잠은 어디론지 달아나고 없다. 욕심쟁이처럼 보일 수 있다. 아직은 괜찮다. 지금까지 놀며 무의미하게 보낸 시간을 채우려면 지금 지치면 안 된다. 작년에 책을 보다가 좋아하게 된 '보통의 날'이라는 단어를 즐겨 쓰게 되었다. 하루를 즐겁고 재미있게 살 수 있는 모든 것은 '아무 일 없는 보통의 날'이기 때문에 가능한 것이다. 회사 일을 하면서도 커피를 마시는 시간이면 틈틈이 책을 읽고 동료들과 감동의 문장들을 나눈다. 오늘은 어떤 이야기를 해 줄지 기대하는 직원들. 경험하고 보고 들은 것을 이야기해 줄 뿐인데 그 시간을 기다리고 즐겁게 들어주니 듣는 그들보다 내가 더 행복하다.

몇 년을 공부한 것도 아닌데 조금씩 변해간다. 그 밑거름은 책과 공부도 있겠지만 나도 모르게 상승한 자존감과 당당함이다. 안 되면 다시 하면 된다.라는 나만의 믿음을 반복적으로 입으로 말하고 생각한다. 자존감과 당당함이라면 그 어떤 시련에 부딪혀도 힘이 되어주는 덕목이란 걸 누구나 안다. 때로는 허투루 보이기 싫어 한마디 의견도 똑 부러지게 말하려고 노력한다. 좀 더 준비된 모습으로 당당해지기 위해 열정적인 하루를 보낸다. 지쳐 보이지 않으려 운동도 하고 얼마 전부터는 먹거리도 챙기며 나를 만들고 있다. 건강해졌다는 말과 다정한 눈빛으로 대해 줄 때는 살짝 얼굴이 상기된다.

노력은 투자한 만큼 보답을 준다. 노력에 이어 마음가짐이 나를 바꾸어 놓은 것을 알았다. '해도 해도 안 되더라'는 말은 될 때까지 하지 않았기 때문이다. 오늘도 될 때까지 하고 안 되면 다시 하는 하루를 보낼 나에게 박수를 보낸다. '해도 안 된다. 못한다'는 그냥 단어일 뿐이라는 것도 알았다. 그래서 더 집중하게 된다. 망설이는 그 누군가가 있다면 당당히 말할 수 있다. 성공할 수 있다고. 가능한 거라고.

자기계발의 미학

좋은 습관은 나를 성장시켰다

이은경

내 인생 최고의 몸무게를 찍었다. 보험 영업은 주 업무가 고객을 만나는 일이다. 커피를 마시면서 금세 끝나는 일도 있고 밥 먹고 차 마시는 자리도 많다. 잠이 많은 나는 아침을 거의 챙겨 먹지 못한다. 점심시간에 맞춰 고객을 만날 땐 맛집을 찾아다녔다. 점심을 배부르게 먹고 카페에 간다. 커피를 시키면서 자연스럽게 빵도 주문한다. 커피와 빵까지 먹다 보면 소화가 안 된다. 속이 더부룩하다. 저녁을 먹지 않겠다는 다짐을 한다. 하지만 밤이 늦으면 배가 고파온다. 참지 못하고 야식을 먹었다. 아장아장 걷던 아이들이 고등학생이 되었다. 나보다 키도 덩치도 커졌다. 이제는 내가 엄마보다 크다며 우쭐하는 아이들을 보면서 너희들이 크는 동안 나도 나이를 먹었구나 하는 생각이 든다. 내 나이 오십이 되었다. 몸이 먼저 신호를 보낸다. 삼십 분만 걸어도, 초록색 불이 끝나갈 무렵 횡

단보도를 건너느라 조금만 뛰어도 숨이 턱에 찼다. 무릎이 아파서 계단을 오르내리기도 버겁다. 배가 나와서 쪼그리고 앉기도 힘들다. 헐렁한 옷을 입어도 뱃살이 감춰지지 않는다. 나도 모르게 조금씩 살이 붙었고 몸무게가 늘어났다. 건강의 적신호가 오기 전에 다이어트를 해야 했다.

지금 당장 할 수 있는 것이 뭐가 있을까. 어렸을 때부터 밥을 좋아했다. 간식을 먹어도 밥을 먹어야 허전하지 않았다. 밥을 굶는다는 건 자신이 없다. 시작한다 해도 며칠 가지 못할 게 뻔하기 때문이다. 밥 먹을 때 한 숟가락 덜어놓고 먹기로 했다. 사람을 만나는 일을 하다 보니 커피는 끊을 수 없다. 생각해 보니 그동안 나는 커피 선택도 내 의지대로 못 했다. 상대방이 칼로리가 높은 카페라테나 바닐라라테를 주문하면 나도 같은 메뉴를 선택하곤 했었다. 다이어트를 위해서 블랙커피만 마시기로 했다. 그리고 배부른 상태에서 먹던 빵을 먹지 않기로 했다. 종이에 적었다. 밥 한 숟가락 덜어놓고 먹기. 블랙커피 마시기. 빵 먹지 않기. 주방 식탁 한쪽 벽에 붙여 놓았다.

가까운 거리를 걸어 다니기 시작했다. 보험 영업직을 힘들어하고 있을 때 지인한테 상가 분양을 해 보지 않겠느냐는 제안을 받았다. 출근만 하면 된다 했다. 세상에 그런 일이 어디 있냐고. 이상한 일 아니냐고. 지금 하는 일이 있어 안 한다 했다. 도와 달라는 권유를 거절하지 못하고 출근하게 되었다. 팀장님의 동행으로 영업을 시작했다. 명함과 광고용으로 만든 소책자를 챙겼다. 처음 들어가는 부동산, 팀장님이 어떤 말로 시작하는지 놓치지 않으려 집중했다. 지금 은계지구에 상가 분양하는 곳을 시작으로 팸플릿을 펼치고 위치와 호재를 설명했다. 앞으로 어떻게 변해갈지 비전을 보여주고 관심 있는 사람들 소개를 부탁하고 나왔다. 세 번의 동행을 끝으로 홀로서기를 했다. 먼 거리는 자동차로 이동했다. 오분 이내의 거리는 걸어서 다녔다. 하루 오천 보를 넘기지 못할 때가 많았는데 만 보를 훌쩍 넘겨 걸었다. 팀원들은 보통 이만 보 넘게 걸었다. 영업의 범위를 넓히면서 걷는 시간도 늘어났다. 먹는 양도 줄고 걷는 시간이 늘어날수록 몸이 가벼워졌다. 예전엔 차로 갔을 거리도 이제는 걸어서 간다. 걸어다니다 보니 더 부지런해졌다. 차로 가면 금방 갈 거리를 걸어서 다니다 보니 시간이 더 걸렸기 때문이다. 움직임이 늘어나면서 몸무게가 줄었다. 전에는 피곤하면서도 잠을 잘 못 자고 중간에 자주 깼었는데 요즘은 잠을 깊이 잘 수 있었다. 머리도 맑아졌다.

매일 책을 읽는다. 고등학교 다닐 때 수업 시간에 선생님 몰래 책상 밑에 숨겨놓고 읽을 정도로 로맨스 소설이 좋았다. 나 같은 아이들이 반에 한둘이 아니었다. 로맨스 소설을 읽지 않으면 소외될 정도로 여학생들에게 인기였으니까. 선생님들은 몰래 책 읽는 아이들을 알면서도 모른 척해 주었다. 어느 날 우연히 남동생 책상에서 무협지를 보았다. 남자아이들이 읽는 책이 궁금해서 읽기 시작했다. 무협지에 등장하는 각각의 캐릭터들이 매력적이었다. 책을 덮을 수가 없어 밤이 새도록 읽은 기억도 있다. 성인이 된 후부터는 소설책을 많이 읽었다. 서점에서 친구를 만나기로 한 날. 일찍 도착해서 서점에서 알베르 카뮈의 ≪이방인≫을 읽은 적이 있다. 주인공 뫼르소의 체념한 듯한 말과 무기력해 보이는 행동들이 왜 공감이 갔을까. 나도 아무 생각하지 않고 무덤덤해지면 마음이 편안해질 것 같았다. 체념하고 싶었는지도 모르겠다. 결혼 후 육아와 자영업을 하면서 책과 멀어지게 되었다. 친구가 마사지 받으러 샵에 왔을 때 독서 모임을 한다고 했다. 독서 모임이라는 정해진 틀이 있으면 책을 읽을 수 있을 것 같았다. 바로 독서 모임에 가입했다. 요즘에는 자기계발 도서를 꾸준히 읽고 있다. 자기계발 서를 읽다 보면 내 문제가 보이기 시작한다. 남의 눈치 보면서 내가 하고 싶은 것을 뒤로 미뤄놓았었다. 이제는 내 생각이 옳다는 판단이 서면 양보하지 않는다. 책은 더 나은 나를 만들어 갈 수 있는 길잡이가 되어주고 있다.

따로 시간 내지 않아도 상가 분양하는 일을 하면서 건강해졌다. 많이 움직이고 가까운 거리는 걸었다. 덕분에 몸도 가벼워지고 잠도 잘 잤다. 잠을 잘 자니 머리도 맑아졌다. 내가 원한다면 즐겁게 생활할 수 있었다. 매일 책을 읽으면서 내 인생의 주인이 되어 살아가는 방법을 배우고 있다. 성공한 사람들의 책을 통해 힘든 상황에서 어떻게 이겨내고 일어서는지 마음가짐도 배운다. 도전하면 언제까지 해야 하는지 성공할 때까지 하라는 말은 나에게도 해봐야겠다는 마음을 일으켰다. 책을 읽으면서 긍정적으로 변화했다. 독

자기계발의 미학

서 모임에서 글 쓰고 발표하면서 자신감도 생겼다. 나는 많은 사람들 앞에서 자신감 있게 말하고 싶다. 내가 선택한 영업을 잘 해내려면 꼭 필요한 부분이다. 시간을 가지고 꾸준히 해 나간다면 많은 사람 앞에서의 떨림도 이겨낼 것이다. 자신감 있는 모습도 가질 수 있을 것이다. 습관을 만드는 데는 어느 정도의 시간이 걸린다. 내게 부족한 점들을 찾아 좋은 습관으로 만드는 것을 게을리하지 말아야겠다. 다른 사람들한테 내 의견을 당당히 말하는 나를 상상하면 기분이 좋아진다.

자기 성장을 위한 교육과 학습

제3장

아름(나)다워지는 시간

김경아

～～～～～～～～

배우는 것을 좋아한다. 배우는 과정이 재미있고 관련된 일에 종사할 수 있을 거라는 기대감에 더욱 몰두하게 된다. 한편으로는 좋아하는 일을 찾아가는 과정이라 생각했다. 그 결과, 한자 지도사, 에어로빅, 점핑, 공인중개사 등 다른 분야의 자격증을 취득했다. 하지만 배우는 과정이 끝나고 자격증을 취득하면 재미와 흥미는 떨어지고 일을 하고 싶다는 의욕도 사라졌다. 경력단절. 새로운 일을 한다는 두려움이 컸다. 잠도 줄이면서 힘들고 어렵게 딴 자격증은 쓸모가 없어지는 듯했다.

우연히 가입한 커뮤니티 활동을 하면서 달라졌다. 하고 싶은 일이 생겼고 도전할 용기가 생겼다. 공감하며 할 수 있는 일이 하고 싶어졌다.

자기계발의 미학

그렇게 시작한 것이 마음공부였다. 상대방과 공감하기 위해서는 자신의 감정 상태를 알고 타인에 대한 감정을 읽을 줄 알아야 한다. 마음공부에 대해 막막해하고 있을 때 지인이 기질 성향 카드와 아로마테라피에 대해 설명을 해 주었다. 상대방에게 좀 더 자연스럽고 친근하게 접근할 수 있는 방법이라고 배우길 추천했다.

기질 성향 카드란 개인의 기질을 그림으로 보여주는 카드이다. 그림으로 표현되어 이해하기 수월했다. 4주간의 교육을 받으면서 내가 어떤 성향인지 자세히 알게 되었고 공감의 의미를 재확인하는 시간이 되었다. 그동안 상대방의 이야기를 경청하고 대화를 이어 나갈 때마다 마음 한구석이 턱 걸리는 느낌이 많았었다. 교육을 받으면서 알게 됐다. 왜 그런 느낌이 들었는지. 마음이 아닌 머리로만 공감하고 있었던 거다. 나는 그런 사람이었다. 하지만 이 수업을 통해 노력하면 달라질 수 있겠다는 자신이 생겼다.

기질을 공부하면서 아로마테라피도 수강했다. 병행해서 하려니 외울 게 많아 조금 벅차긴 했다. 아로마 향을 처음 접했을 때 배울 수 있을지 고민이 됐다. 향에 예민했던 나는 아로마 향이 강하게 다가왔기 때문이다. 머리도 아프고 속도 울렁거렸다. 이런 나를 보던 강사님께서 감정 오일 테스팅을 해주셨다. 오일을 한 가지씩 시향해 보았다. 인상이 찡그려지는 향이 있는 반면 거부감이 전혀 들지 않는 향도 있었다. 심지어 끌리는 향도 있었다. 나의 여러 감정들이 향으로 나타난 것이라고 설명해 주셨다. 이 향의 끌림 덕분에 감정 오일을 자세히 공부하게 되었다. 이론 공부를 마치고 실전 경험을 쌓아야 했다. 첫 대상은 남편과 아이였다. 각자 기질에 대해 이야기하며 서로 이해하지 못했던 부분에 대해 알게 됐다. 또한 남편과 아이가 같은 성향의 기질을 가지고 있지만 어느 시기에 사용하느냐에 따라 다르게 행동하는 부분도 신기했다. 감정 오일로 말하지 못했던 마음속 이야기를 하게 된 시간이었고, 덕분에 우리 가족은 한층 가까워진 사이가 되었다. 지인들을 대상으로도 연습을 했다. 기질을 봐준다는 말을 꺼내기가 어려워 조심스럽게 얘기했던 것과 달리 반응이 좋았고 말하는 실력도 점점 나아졌다. 피드백을 듣고 많은 사람들에게 알려주고 싶었다. 알릴 방법을 찾고 있던 중 기회는 뜻하지 않게 찾아왔다.

연말에 동참 모임에 나갔다. 기질 카드와 감정 오일을 챙겼고 이 두 가지는 가방에 항상 지참하고 다니는 필수품이 되었다. 모임이 마무리가 되어갈 즈음 동창들의 기질을 봐주었다. 기질을 들으며 서로가 맞는다고 맞장구도 치고 족집게라며 웃었다. 고민이 있던 친구는 고민의 이유를 알게 됐고 해결 방법을 찾을 수 있을 거 같다며 고마워했다. 나는 앞으로의 포부도 이야기했다. 조용히 얘기를 듣던 한 명이 학습동아리를 같이 만들어 보자고 제안했다. 구상 중이었다며 큰 틀에 대해 얘길 해줬다.

각 지역구의 평생학습관에서 운영하는 학습동아리가 있다. 공통된 분야에 흥미를 가진 성인들이 모이는 곳이다. 배우고 익힌 지식을 재능기부 및 봉사활동에 활용하여 지역사회에 보탬이 되는 학습공동체이다. 우리는 뜻이 맞는 사람들을 모집하기 시작했다. 여러 분야의 강사들이 모였고 학습동아리로 선정되었다. 동아리가 결성되고 좋았던 점은 학습에 대한 고정관념이 사라지고 시야가 넓어졌다는 것이다. 수업을 진행하는 강사님들이 계셔서 수업에 참관할 수 있는 기회가 종종 생겼다. 강사마다 수업 진행 방식이 다르고 스타일도 달랐다. 참관하면서 가장 매료되었던 건 수업 분위기였다. 학교와는 또 다른 자유스러운 분위기였다. 나도 주임 강사를 하고 싶다는 욕심이 생겼다. 수업 경험이 전무했던 나는 현장 경험이 필요했다. 보조강사가 필요한 수업이 많다는 걸 알게 되었고 그 수업에 들어가기 위해 해당 과목들을 배우기 시작했다. 쉽게 배울 수 있는 양말목 공예 자격증부터 취득한 후 수업에 보조로 들어갔다. 이 수업을 시작으로 다른 강사님들의 수업에도 보조로 참여하게 되었고, 추가로 코딩과 ITQ 자격증도 취득하였다. 동아리 가입하고 1년 동안은 배우고 공부해서 자격증 취득하고, 보조강사로 활동하며 경험을 쌓았다. 해당 수업 시간보다 일찍 도착했으며 수업에 피해가 가지 않도록 보조강사로서의 준비도 철저히 했다. 또한, 기회가 있을 때마다 보조강사로 지원했고 강사님들의 노하우를 배우며 대처 능력을 키울 수 있게 되었다. 바쁘게 지냈고 잘하려고 노력한 시간이었다. 할 수 있는 일을 묵묵히 하다 보니 주임강사로 설 수 있는 기회가 왔다. 도서관에서 진행하는 성인을 대상으로 치유의 시간을 갖는 재능기부 수업이었다. 막상 기회가 오니 무섭고 걱정이 앞섰다. 하지만 수업 준비를 해야 했다. 강의 연습을 녹음해서 말의 속도, 억양, 시간 등을 체크했다. 수업 시작 전까지 웃는 연습을 했다. 드디어 수업 시작. 연습이 무색하게 경직된 상태로 인사를 했고, 감정 오일로 각자의 감정에 대해 얘기하면서 수업을 시작했다. 시간이 흐를수록 편안해졌고 수업은 마무리되었다. 처음이라 긴장도 되고 무슨 얘기를 했는지 기억도 나질 않았지만, 수업이 끝나고 나서야 희미한 떨림, 전율이 느껴졌다. 이제 시작이다.

지금은 평생학습관에서 운영하는 마을 학교 수업도 진행하게 되었고 복지관에서 아이들을 가르치고 있다. 시에서 진행하는 교육 체험 행사에도 참여하고 있다. 교육 자격증도 없고 강의도 해 본 적 없었다. 하나씩 배우고 자격증을 취득하며 가르칠 수 있는 실력을 만들어 가고 있다. 운 좋게도 주변 강사님들이나 기관 담당자들이 좋게 봐주어서 여기까지 올 수 있었다. 다양한 배움과 경험들이 조금씩 성장할 수 있는 계기가 되었고 자신감도 갖게 되었다. 좋아하고 잘할 수 있는 일을 찾은 덕분에 나다워지는 시간이 되었다. 그리고 여전히 배움은 현재진행형이다.

새로운 도전 몰입하기 딱 좋은 오십 대!

김은숙

나는 사회복지 프로 강사가 되고 싶었다. 사회복지를 깊이 있게 공부하기 위해 경기과학기술대학 야간반에 입학했다. 발표 시간이 많았다. 사회복지 현장에서 필요한 프로그램 중 자신이 하고 싶은 수업을 선택하여 발표해야 했다. 나는 노년의 성에 대해 준비하고 싶었다. 왜냐하면 다른 사람들이 잘 다루지 않는 독특한 분야를 발표하고 싶었다. 도서관에 가서 논문을 찾아보며 자료를 만들었다. 발표하는 시간이 다가왔다. 예전에는 발표에 대한 두려움이 컸다. 내 생각을 제대로 표현하지 못하고 쿵쾅거리는 심장 소리를 들으며 두서없이 말하고 무대에서 내려오곤 했다. 하지만 독서 토론을 하면서부터 발표가 조금 자연스러워지긴 했다. 강단에서 내려와 학생들에게 가까이 다가가 퀴즈를 내고 정답을 맞히는 학생에게는 선물을 주는 여유로움도 발휘하였다. 친구들이 성교육 강사처럼 잘한다고 말해주었다. 그 말을 듣는 순간 맞아, 나는 강사가 되고 싶었지. 기회가 되면 스피치를 배우고 싶었다. 스피치 강의를 찾아보았고 바로 수강 신청했다. 자신감 있고 당당하면서 겸손한 사람이 되어야 한다고 했다. 먼저 발표할 원고를 작성해야 했다. 스토리를 잘 끌어내는 게 중요했고 꾸준한 연습이 필요하다고 했다. 발음, 표정, 동작 표현 등 스피치를 배우며 새롭게 알아가는 게 좋았다. 나는 즉흥 발표 시간도 재미있었다. 배움을 통해 좋은 결과들을 차곡차곡 쌓아 가고 있다.

새로운 나를 발견했다. 무엇을 잘할까? 좋아하는 일은 무엇일까? 왜 이렇게 다양한 것들에 관심이 많을까? 기질 성향 공부를 하며 알게 되었다. 돌봄이 필요한 사람들에게 마음이 끌린 점. 가르쳐주고 싶어 하는 강한 에너지. 주변 문제에 관심 두고 서포터 역할을 잘하는 것 그런 기질이 잠재되어 있었기 때문이었다. 기질 성향을 알고 나니 내가 가야 할 길이 더 선명하게 보이기 시작했다. 시니어 건강프로그램과 치매인지 프로그램이다. 방향성이 보이니 계획을 분명하게 세울 수 있다. 새로운 아이디어도 떠올랐다. 현재는 중간관리자의 역할을 잘 해내는 것에 중점 두고 있다. 그래서 타인의 기질 성향에 관심 많다. 그리고 사람들의 각 개인의 특성도 존중하게 된다. 처음 만난 사람들과 무슨 말을 할지 막연할 땐 기질 성향 카드로 대화의 문을 열고 있다. 대화를 나누며 공감 능력이 발휘되니 자연스럽게 가까워질 수 있다. 내가 좋아하는 일을 할 수 있다는 것만으로도 행복한 삶이다.

영어 공부가 재미있다. 영어를 배우고 싶었지만, 엄두를 내지 못했었다. 영어 공부는 특별한 사람만 하는 것으로 생각했다. 그 어려운 걸 어떻게 하는지 존경스럽기만 했다. 내가 할 수 없는 일이라고 생각했기 때문이다. 영어를 잘하고 싶어서 기회가 되면 무조건 해 보자고 다짐은 했었다. 소망하면 이루어진다고. 내가 속해 있는 커뮤니티에서 영어 공부 함께 할 사람을 모집하고 있었다. 나는 망설이지 않고 바로 신청했다. 영어가 좋은 에너지를 줄 거로 생각지도 못했는데 놀이처럼 즐거운 공부가 된 것이다. 해낼 수 있다는 믿음으로 시작했다. 영어 공부에 집중하면서 다른 잡념이 사라졌다. EBS 영어교재를 사용해서 공부하고 있다. 처음에는 따라 읽는 것도 벅차고 까마득했다. 영어 단어를 모르니 하나씩 찾아서 발음을 연습하고 문장을 읽고 있다. 한 페이지 낭독할 때 시간이 오래 걸린다. 학교 다닐 때는 아무리 해도 성적이 안 나오던 영어. 오십이 넘은 지금에서야 흥미로운 공부다. 아이들도 성장했고 오로지 공부에 몰입하기 딱 좋다. 성장 욕구와 영어 공부가 만나 플러스 효과가 발생하는 것 같다. 처음부터 욕심내면 금세 지칠까 봐 페이스를 조절하고 있다. 영어는 마라톤이라고 생각한다. 포기만 하지 않으면 무엇인가 알게 되는 단계가 올 거라 믿는다. 다급하게 생각하지 않고 천천히 숨 고르기 하며 나아가고 있다. 영어 공부를 해서 무엇을 하고 싶은지 나에게 질문도 해 보았다. 목표를 정해 보기도 했다. 몇 년 후 나처럼 영어가 두려워서 섣불리 도전하지 못하는 엄마들에게 영어를 가르쳐주고 싶다. 아이들에게 영어로 된 그림책을 읽어주는 할머니도 되고 싶다. 기회가 된다면 영어 자원 봉사 활동도 하고 싶다. 외국인을 만나거나 해외여행을 가서도 자신 있게 말하는 나. 영화도 자막 없이 볼 수 있는 나를 상상해 본다. 영어 공부는 매우 신나는 도전이다. 이 시작이 나를 좀 더 확장되는 계기가 될 거로 생각한다. 영어는 나의 성장 디딤돌이다.

　기존의 틀보다 확장되는 독서 토론을 새롭게 시작했다. 〈스텔리(스토리텔링으로 리뷰하기)〉 독서 모임은 그동안 했던 독서 모임과는 분위기가 달랐다. 기존에는 논제를 작성하고 토론하는 형식이었다. 스텔리 독서 토론은 읽었던 책 중에 인사이트 받은 내용을 글로 작성하는 것이 특징이다. 인상적인 문장을 만나 내 경험을 소환하여 한 편의 맛있는 글로 완성하는 것이다. 글을 쓴다는 것이 나를 치료하는 작업임을 처음으로 알게 되었다. 글을 쓰면서 아픈 상처를 하나씩 꺼내어 치료하는 시간을 보낸다. 과거의 슬픈 경험이 트라우마로 남아 있었다는 것을 알게 되었다. 글을 쓰면서 상처와 두려움을 극복하고 있다. 성공과 실패의 경험을 하나씩 꺼내어 보면서 그 상황들을 스토리로 만든다. 새로운 형태로 나를 무장시키고 있다. 지금 스토리 글을 쓰는 게 나를 발견하는 시작점이 되었다. 책을 읽으면서도 글감을 찾게 된다. 길가에 피어있는 꽃 한 송이를 보아도 전과 달리 사색하게 된다. 사소한 일상에서도 경험을 떠올리며 나를 돌아보며 점점 사고력이 풍부해짐을 느낀다. 생각의 폭이 점점 넓어짐을 알 수 있다. 글을 작성하다 보니 자주 인상적인 표현 단어를 찾고 말하게 된다. 전에는 없던 생각을 하게 되고 깊이가 있다. 무엇보다 마음이 편안해지고 긍정적으로 변화했다. 좋은 책을 보면서 내 마음을 스스로 다스리는 법을 배우게 된다. 남편은 나한테 예전보다 스트레스도 덜 받는 것 같고 표정도 여유로워 보인다고 말했다. 글을 쓰기 위해서는 루틴이 필요하다. 매일 조금씩 글을 써야 한다. 인상적인 문장을 메모해 놓기도 한다. 글감을 찾기 위해 점점 더 좋은 습관을 갖게 된다. 나에게 질문하며 답을 찾고 있다. 내가 몰랐던 나 자신을 발견하게 된다. 스토리를 만들고 발표하며 힘차게 나아가고 있다.

신바람나는 스피치, 영어 공부, 글쓰기를 하며 새로운 나를 발견했다. 무한 가능성이 있음을. 도전하고 인내심을 갖고 실천한다면 매일 조금씩 성장할 것이다. 그렇기에 희망을 품고 나아간다. 한번밖에 주어지지 않는 선물인 나의 삶은 아름답게 빛날 것이다. 나는 더 큰 꿈을 꾸고 있다.

내일의 나를 위해 선택한 것들

김태경

숨이 턱 막힌다. 자려고 침대에 누웠다가 다시 일어나 앉았다. 책도 읽지 않던 내가 공저에 참여하겠다고 손을 들었기 때문이다. 2년 전 셀프 칭찬하는 커뮤니티에 가입했다. 나를 칭찬하면 자존 감이 높아진다는 말에 끌렸다. 자존감은 나를 사랑하는 마음이 다. 나를 사랑하고 싶고 사랑한다는 확신을 가지고 싶어서 커뮤니티에 들어갔다. 나한테 하는 칭찬이 시작되었다. 셀프 칭찬은 특별한 방법이 있는 게 아니었다. 매일 내가 한 일을 무조건 잘했다고 칭찬하면 그만이었다. 다른 사람이 한 셀프 칭찬에도 잘했다고 해주고 응원했다. 그런데 책 쓰기는 처음이다. 같이 참여하는 사람들한테 피해를 줄까 봐 걱정되어 잠도 안 온다. 인터넷을 검색해서 책 쓰기 강의를 찾아 등록했다. 새벽에 일어나서 듣고 퇴근하면 또 들었다. 짧은 기간 집중해서 완강했고 과제를 제출하면서 글 쓰는

자기계발의 미학

연습도 했다. 기한 내에 글을 써야 한다는 압박과 꼭 해내야 한다는 간절함이 있었다. 그렇게 몇 개월 후 책이 나왔다. 내 인생 첫 책 ≪나는 나를 응원합니다≫ 가 세상에 나와 빛을 보게 되었다. 자기계발 시작하면서 처음 했던 공부가 책 쓰기였다.

두 번째로 스피치에 도전했다. 자기계발 시작하고 몇 달 후 공부하는 사람들이 모인 시흥 지역 리더가 되었다. 오픈 멤버였던 리더가 개인 사정으로 못 하게 되었기 때문이다. 내성적인 내가 이 모임을 잘 이끌어 갈 수 있을까? 학교 다닐 때 반장 한 번 못 해봤다. 사람들 앞에서 떨려서 말도 못 한다. 걱정이 되었지만, 한편으론 해 보고 싶은 마음도 컸다. 공부 못해도 반장은 해 보고 싶었고 말재주 없으면서 웅변해서 상 타는 아이들 부러웠다. 나라고 못 할까. 그래, 해 보는 거야. 어떻게 하면 될까. 고민하다가 일단 급한 문제를 해결해 보기로 했다. 리더를 하려면 다른 사람들 앞에서 자신감 있게 말할 줄 알아야 했다.

자기계발 커뮤니티에 올라온 수업을 검색하다가 〈떨지 않고 말하기 챌린지〉를 발견했다. 온라인으로 진행하는 수업이었다. 첫 수업 하는 날 자기소개를 했다. 발표하기 전부터 얼굴 빨개지고 손에서 땀이 나고 가슴이 콩닥콩닥 뛰었다. 스피치 수업답게 수업 시간 동안 몇 번의 발표를 해야 했다. 수업 중간에 즉흥 스피치를 하는 시간이 있다. 주제 하나 주어지면 어떻게 말할지 생각했다가 일어나서 발표해야 한다. 나는 어떤 이야기로 발표할지 생각이 나지 않아 긴장되었다. 수업하는 동안 발표하는 게 떨려서 매번 들어갈까 말까 망설였다. 스피치 수업을 하면서 칭찬도 많이 들었다. 못해도 잘한다고 나를 격려해 주고 칭찬 아끼지 않는 강사님 덕분에 자신감을 얻었고 끝까지 수료할 수 있었다. 챌린지 과정이 끝나고 정식 수업 과정을 다시 한번 들었다. 그다음 해 남들 앞에 서면 긴장돼서 말 한마디 못 하던 내가 스피치 강사 자격증을 취득할 수 있었다. 두 달 동안 일주일에 한 번씩 강의를 듣고 과제로 시범 강의 영상을 촬영해서 제출했다. 그 시간을 보내고 드디어 자격증이 내 손에 들어왔다. 꿈만 같았고 자신감도 한층 더 높아졌다. 그래서 스피치 강의도 시작했고 첫 제자도 생겼다. 어려운 과정을 시작해서 끝내는 집중과 새로운 과정을 받아들이는 사고의 유연성이 큰 힘이 되었다.

세 번째 책 쓰기 평생회원에 가입했다. 처음 공저 쓸 때 배웠던 책 쓰기 강의가 일회성이었다면 이번엔 평생 들을 수 있는 강의다. 스피치를 배우면서 어떻게 하면 즉흥 스피치를 잘할 수 있을까? 고민하다가 내린 결정이다. 글을 쓰는 것이 말하는 데 도움이 될 수도 있다고 스스로 판단했다. 글쓰기와 말하기 실력을 모두 향상하고 싶기 때문이기도 하다.

네 번째 보이스 트레이닝을 배웠다. 내 목소리가 작고 힘이 없어서 자신감 없어 보인다는 것을 스피치를 배우면서 알게 되었다. 좋은 목소리의 기본은 호흡이다. 복식 호흡을 해야 성대에 무리를 주지 않으면서 크고 자신감 있는 목소리를 낼 수 있다. 복식 호흡은 우리가 태어날 때부터 했던 호흡이다. 그래서 복식 호흡을 하면 마음이 편안해진다고 한다. 명상할 때 복식 호흡으로 마음을 평온

하게 만들어주는 것처럼. 첫 시간에 먼저 배우는 것이 복식 호흡이다. 배에 힘을 주고 호흡해야 하는데 가슴이 들썩였다. 가슴으로 숨을 쉬는 것에 익숙해져 있어서 복식 호흡이 어려웠다. 그래서 누워서 하는 복식 호흡법을 찾아보고 연습했다. 처음엔 잘 안됐다. 그래서 매일 잠들기 전과 아침에 눈 뜨자마자 1분 정도 연습하기 시작했다. 일주일이 지나니 호흡이 조금씩 자연스러워졌다. 다시 한번 실감한다. 어려운 게 아니고 익숙하지 않았다는 것을. 예전엔 내 목소리가 차분하다고 했었다. 그런데 요즘은 편안하면서도 말에 힘이 생겼다고 한다. 잘 하든 못 하든 조급하게 생각하지 말고 꾸준히 연습하는 게 정답이라는 것을 알았다.

마지막 다섯 번째 자이언트 북 컨설팅 라이팅 코치가 되었다. 라이팅 코치는 글쓰기 기술과 스타일을 향상하는 데 도움을 주는 전문가이다. 나는 책 쓰기 수업이 매번 기다려진다. 작가님이 초보 작가 수강생을 한 명 불러서 "오 년 전에 무슨 일 하셨어요?"라고 묻는다.

"오 년 전에 OOO 했습니다."
"그럼, 지금은 무슨 일 하세요?"

다시 질문한다. 몇 가지 질문을 더 하고 대답을 들으면서 실시간으로 키워드를 적은 후 한 편의 글을 완성한다. 그런 작가님의 모습을 보면서 놀라웠다. 나도 저렇게 될 수 있을까? 되고 싶다. 될 것이다. 꼭.

다른 사람들 앞에서 떨려서 말 한마디 못 하던 내가 우연히 한 커뮤니티의 리더가 되었다. 그 자리를 지키기 위해 배우기 시작한 스피치와 보이스는 나도 할 수 있다는 자신감을 키워 주었다. 글쓰기는 더 큰 꿈을 꿀 수 있는 계기가 되었다. 내가 꿈을 찾아가는 과정에 무엇이 있었을까? 말 잘하는 사람이 부러웠고, 실시간 글쓰기에 탁월한 능력을 갖춘 스승님을 보고 설 다. 그래서 도전했다.

좀 늦더라도 조급해하지 말고 꾸준하면 결과는 나오게 되어 있다. 온전히 내 힘으로 노력해서 해낸 것은 성취감도 남다르다. 어렵고 힘들다고 피하면서 편안한 삶을 추구하다 보면 내일에 대한 희망이 없다. 나를 움직이게 하는 주문이 있다. 게으름이 스멀스멀 올라올 때 핑곗거리를 찾고 있는 나를 발견할 때 나에게 묻는다.

태경아, 너의 내일을 위해 어떤 선택을 할래?

자기계발의 미학

배움의 길은 끝이 없다

손청희

신기한 일이다. 내가 책을 읽고 글을 쓰고 책상에 앉아 있다는 사실이.

"밤새 불이 켜져 있던데? 고시 공부하는 거야?"

남편은 오늘도 의아한 눈으로 힐끔 쳐다보고 지나간다. 공부는 자기만 하는 건 줄 아나? 어디 두고 보라지. 이게 진짜 공부라고 마음속으로 말한다. 사람은 평생 배우면서 살아야 한다는 게 맞았다. 습관을 바꿔보자는 생각으로 시작한 새벽 기상은 신천지였다. 기회가 우연히 온 것은 아니었다. 허전한 마음을 채우기 위해 찾아온 순서였다. 희미한 빛을 따라 덥석 물은 공부는 줄줄 딸려 올라오는 알토랑 감자 줄기 같았다. 조금씩 알아갔다. 마음이 안정되었다. 나를 몰입하게 하기에 충분했다.

　애초에 난 공부 머리는 없었다. 머리도 나쁘다. 진득하게 의자에 앉아 있질 못했다. 아니 싫어했다. 그런데 이번에는 달랐다. 재밌었다. 꼭 결과를 내는 공부가 아니었다. 살아온 나를 돌아보고 앞으로의 삶을 생각하는 인생 공부였기 때문이다. 나를 사랑해라, 발견하라, 확장하라, 공부해라, 왜 공부는 하는가, 어떻게 살 것인가, 안목을 키워라. 쏟아지는 질문의 시간은 흥미로웠다. 살면서 가장 잘한 일은 무엇인가, 하고 싶은 것은 무엇인가, 잘하는 것은 무엇인가, 3년 동안 가장 많이 받은 질문이기도 했다.

　남들은 자격증 취득했을 때가 가장 잘한 일이다. 일본어 공부를 시작한 게 이루어놓은 성과다. 영어 공부를 시작한 것이다. 자신한테 꼭 맞는 일을 찾았다. 등. 다양하게 쏟아져 나오는 성공담을 들으며 난 무얼 하고 살아왔나 과거를 생각해 보았다. 바람 불면 부는 대로 물결치면 치는 대로 주어지는 대로 그저 그렇게 살아왔다. 내가 누구인지 잘하는 것은 무엇인지 하고 싶은 것은 또 무엇인지 안개 속 같았다. 자격증이라고는 운전면허증밖에 없다. 똥손에다 몸치에다 말도 잘 못 한다. 고개가 숙여졌다.

　언제부턴가 내가 내세우는 것은 사랑스러운 다섯 명의 손주들이다. 가장 자랑스러운 점도 나의 다섯 보물이 있다는 것이다. 나를 웃게 하고 힘을 주는 아이들. 세상 부러울 것도 무서울 것도 없는 이 나라의 기둥이 될 나의 예쁜 손주들이다. 친구 중에는 손주가 한 명도 없는 친구도 많은데 난 다섯이나 된다는 게 최고의 자랑

거리며 부자였다. 거기에 생각이 미치자, 그래 나도 잘하는 게 있지. 사람들과 친화력 좋아 이야기를 들어주고, 웃고, 아우르고 보살피는 거잖아. 맞아 잘한 거야. 고개를 들었다.

새로운 세계 MKYU 사이버대학은 노다지였다. 발을 들여놓는 순간 마음을 어디에다 두어야 할지 몰랐다. 배우고 싶은 것이 너무 많아서였다. 영어에 대한 울렁증을 극복하자며 수강 신청을 했다. 서강대학교 세 사람의 여교수들이 세 파트를 나누어 강의했다. 빨리 포기했다. 내가 끝까지 해 낼 수 있는 공부가 아님을 알았다. 잘했다.

정여울 작가의 에세이 강의는 한마디라도 놓칠세라 듣고 또 들었다. 외웠다. 돌아서면 잊어버리니까. 정신을 바짝 차리고 수업에 임했다. 미니자서전 쓰는 과제가 있었는데 나를 되돌아보는 시간이 되었다. 추억 소환에 웃음 지었고, 내가 이렇게 살아왔구나. 인생 그래프를 그리는 시간이 되었다. 기억에 남는 한 가지는, '지금 쓰는 용기, 끝까지 쓰는 용기, 다른 사람에게 보여 줄 용기'이다.

정재찬 교수의 시 수업은 생각만 해도 입가에 미소가 번진다. 아나운서 같은 목소리로 얼마나 재밌고 명쾌하게 강의를 하는지 그 시간을 기다렸다. 시는 좀 더 나은 사람이 되기 위해서 읽는다고 했다. 〈우리가 인생이라 부르는 것들〉 삶이 곧 울고 웃는 한 편의 시였다. 나의 인생은 어떤 형용사로 장식될까 생각하기도 했다.

고미숙의 사주 명리학은 어릴 때 우리 할아버지가 늘 하시던 일이었다. 어깨너머로 보고 들은 것이 있어 재밌을 것 같아서 들었다. 외워야 하는 것이 많고 어려워서 잘 해내지는 못했다. 운명, 참 재밌다. 태어나면서 바코드처럼 찍힌 사주팔자가 그대로 정해진 대로만 가는 것이 아니라, 자신을 알고, 아는 만큼 즐기고 직면하라는 것이었다.

디지털이 제일 어려웠다. 디지털과는 먼 세대였기에. 핸드폰도 컴퓨터도 기기 다루기는 시간이 많이 필요했다. 영상, 캔바, 제페토, 사진 잘 찍는 법까지 호기심 어린 마음으로 경험했다. 헐레벌떡 허우적거리며 달려온 3년. 맛만 보기도 했고, 느낌만으로 만족하기도 했지만 알아간다는 것은 뿌듯했다.

'책 읽기와 글쓰기'는 마음 깊숙이 박혀 있는 나의 영원한 숙제였다. 독서는 방학 숙제로 선정해 준 고전과 세계 명작 책들, 하품을 해대고 몸을 비틀면서 서너 권 읽은 게 고작이다. 글쓰기는 초등학교 때 실로 열권씩 묶어놓은 일기장과 중학교 때 문예반 한 것이 전부다. 하지만 늘 글을 써야 한다는 생각은 떠나지 않았다.

해가 바뀔 때마다 책 읽기 일기 쓰기 TV 보지 않기로 계획을 세웠지만 작심삼일이었다. 40년째 이루어지지 않았다. 책은 거의 읽지 못했다. 글쓰기는 육아일기 조금과 화났을 때 써 놓은 몇 꼭지가 전부였다. 머리도 생각도 손도 잔뜩 녹이 슬어있었다. 자기계발 시장에 들어왔을 때 독서와 글쓰기가 가장 기본이었다. 필수였다. 황당하게도 책장은 넘어가질 않았고, 조금 읽다 보면 딴생각을 하고 있었다. 책 한 권 읽는 게 시간이 그렇게 오래 걸릴 수가 없었다. 글쓰기도 마찬가지로 어디서 어떻게 써야 할지 허둥댔다. 쓰다 보면 글이 산으로 올라갔다. 숙제 하나 하는데도 엄청난 시간이 걸렸다. 책을 읽고 글을 써야 했다. 작년 6월 자이언트 북 컨설팅에 입과를 했다. 독서 토론 운영하는 선생님의 소개였다. 평생 글쓰기를 배울 수 있다는 말에 귀가 번쩍 띄었다. 뭐든 많이 느린 나는 평생이라는 밀에 솔깃했다. 늦긴 해도 하다 보면 가랑비 옷 젖듯이 젖어 들겠지. 탁월한 선택이었다. 책 읽고 글을 쓸 수 있는 곳이었다. 독서는 기본이고 글 쓰고 책 내는 것까지 모두 할 수 있어 더더욱 좋았다.

공자의 글이 생각난다. 자 왈, '학이시습지면 불역열호아' 배우고 그것을 때때로 익히면 기쁘지(재미있지) 아니한가. 정말 그렇다. 공자 말이 맞았다. 기쁘다. 재미있다. 자기계발을 몰랐더라면 오늘도 맛집과 분위기 좋은 카페를 찾아다닐 것이고, 여행 계획을 세우고 떼를 지어 비행기를 탈 궁리를 하고 있을 것이다. 배움의 길은 끝이 없다. 늘그막에 나를 위한 공부를 할 줄이야. 그런데 참 좋다. 단어 생각 안 나 얼버무리기 일쑤였던 것도 좋아졌다. 책 읽는 속도도 나아졌다. 치매 예방에는 확실히 효과가 있을 것이다. 늦었다고 생각할 때가 곧 시작이다. 무료할 틈이 없고 생각할 거리가 많다. 활기차고 꽉 짜인 듯한 바쁜 하루가 더욱 좋다. 음, 또 무엇을 배워 볼까?

쓰는 손이 되었다

신승희

가르친다는 건 두 번 배우는 것이라고 한다. 캘리그라피 자격증 과정을 밟으며 선생님께 수없이 직접 가르쳐 보라는 권유를 받았다. 수업을 듣던 중에 그 말씀만 들어도 심장이 마구 뛰고 두려움이 일었다. 여러 사람 앞에 서기도 힘들고 말을 한다는 것은 더 어려운 데 날 보고 가르쳐 보라니. 말을 들을 때마다 손사래를 쳤다. 잘 써지던 글자도 꼬불거려졌다. 하지만 가르쳐 보니 혼자 습작으로만 쌓는 훈련과는 정말 달랐다. 어려운 부분을 쉽게 할 수 있도록 방법을 찾게 되고, 실수할 수 있는 부분을 대비하며 집중적으로 훈련하게 되었다. 가르치면서 두 번 아니, 가르치는 만큼 더 배워 나갔다.

선생님은 그렇게 내게 가르쳐 볼 기회도 마련해 주었다. 선생님

자기계발의 미학

의 강의 일정 중에 수강생이 아주 많은 날에 한두 분을 맡아서 코칭 해줄 수 있는지 물어 왔다. 가기로 한 전날까지도 심장은 마구마구 뛰었다. 수채화 과정을 가르쳐 주는 시간이었다. 선생님은 가르쳐야 할 진도를 짚어주며 그림 시연과 설명을 해달라고 부탁했다. 떨리는 내 마음이 수강생한테 전달되지 않기를 기도하며 그리나갔다. 선생님께 배우러 온 수강생한테 피해가 가지 않도록 천천히 그림을 그리고 설명을 했다. "제가 옆에 있으니 걱정 말고 선생님 하시던 대로 그려주시면 됩니다."라고 해주신 말씀은 두근대던 마음을 가라앉히는 데 도움이 되었다. 가르치는 건 나인데 배우는 분의 손이 마구 떨리던 남자 수강생도 있었다. 잘하지 못한다는 생각에 우리는 얼마나 타인 앞에서 긴장하는지 수업을 통해 보았다. 단순한 선 드로잉 하나에도 수많은 짧은 털선(짧은 선을 여러 번 겹쳐 그리는 선)으로 두껍게 이어 그렸다. 투박해지는 그림을 내려다보며 말했다. "가늘고 편안하게 한 번에 그어보세요. 선이 단정하지 않아도 괜찮습니다." 배우는 자리. 처음 그리는 그림. 누구나 처음부터 잘하지 못한다. 안 되는 손이니 되는 손이 되기 위해 배우러 온 것이니까.

"선생님, 기록해두고 싶은 문장이 있는데 캘리로 한번 써주세요." 캘리그라피 취미반 선생님의 부탁이었다. '힘들면 기뻐하라. 힘이 든다는 것은 힘이 들어온다는 뜻이다. 힘은 써야 빛이 된다.' 힘들면 기뻐하라니. 힘들면 당연히 힘든 것이지. 반항적인 마음에 혼자 피식 웃으며 힘든 나를 위로했다. 힘든 게 아니라 낯설고 어려운 것 일거야. 좀 더 의미있게 써 드리고 싶은 거지? 하고 마음의 소리를 듣는다. 단순하게 필압의 강약만 넣은 문장으로 쓰면 글의 의미가 약할 것 같았다. 좀 더 확실하게 전달되는 문장으로 쓰고 싶었다. 쓰는 과정을 영상으로 담아서 함께 보내드렸다. 그런데 글씨를 부탁한 선생님은 어떤 심정이셨을까를 고민하다 외려 '홀가분'한 마음을 선물하고 싶었다. 무언가 힘씀이 힘든 상황이고 공감되는 상태라면 현재 힘들다는 뜻일 것이다. 그러니 홀가분을 선물해 드리자. 사람 옆모습을 닮은 '홀' 자를 썼다. 이어지는 '가분'은 가볍고 기분 좋은 마음을 표현했다. 가늘고 경쾌하게 오른쪽으로 올라가는 선으로 끝에 살짝 필압을 더했다. 단 세 글자로 축약된 〈홀가분〉. 쓰고자 하는 대로 표현된 글씨가 완성됐다. 그 순간 내 마음도 홀가분했다. 받는 선생님의 마음도 같은 마음이 되길 기도했다.

3년이 지나고 4년 차가 되었다. 이젠 쓰는 손이 되었다. 그 사이 붓펜수채화캘리그라피, 디지털캘리그라피의 전문가 과정을 모두 땄다. 지금은 펜캘리그라피 과정도 새롭게 배우고 있다. 매일 주어지는 1일 1캘리 챌린지 문장을 구상이 끝나면 한 번에 쓰고 올린다. 예전엔 한 문장을 쓰려면 이렇게 저렇게 열두 번도 써보고 올리곤 했다. 하지만 지금은 원하는 글씨체를 한 번에 쓸 수 있는 쓰는 손이 되었다. 여전히 커리큘럼을 짜거나 새롭게 기획하는 면은 어렵다. 하지만 계속된 반복 훈련과 연습으로 내 글씨는 깨끗하고 단정해졌다. 내가 의도하는 대로 필압을 주며 글씨를 써 내려갈 수 있게 되었다. 자신감이 없어 시작을 못 하던 예전과 비교하면 '쓰는 손이 되었다'는 건 큰 성장이다.

　작년 연말 〈한국디자인교육센터〉 오프라인 정기 모임에 갔다. 코로나 때문에 처음으로 참석하는 자리였지만 떨리지 않았다. 스승님도 계셨고, 내가 가르쳤던 수강생과 함께하는 자리여서 뿌듯하기도 했다. 우리는 반갑게 인사를 나누고 테이블에 앉았다. 테이블을 둘러보니 아는 사람들이 하나둘씩 보였다. 나는 테이블마다 다니면서 반갑게 인사를 나누었다. 당연하다고 생각했는데 사람들이 나한테 사교성이 좋다고 말했다. 식이 시작되었고 자기소개하는 시간이 되었다. 내 차례가 되었을 때 일어나서 자기소개를 했다. 왠지 기분이 좋았다. 예전에는 쭈뼛거리고 목소리도 작고 끝말도 흐렸었다. 내가 남들 앞에서 자연스럽게 말할 수 있게 된 건 〈스텔리(스토리텔링으로 리뷰하기)〉 독서 모임 덕분이다.

　작년 7월 커뮤니티 리더님이 독서 모임 회원을 모집했다. 책을 읽고 공감되는 문장을 찾아서 내 경험으로 글을 쓰고 발표하는 모임이었다. 그것도 새벽에. 글을 쓰는 것도 발표하는 것도 힘든데 새벽에 어찌 일어날지가 더 걱정이었다. 이참에 어수선한 머릿속을 정리해 보자. 좋은 책을 읽기만 하지 말고 생각을 정리해서 이야기하는 연습을 해 보자며 일단 신청했다. 첫 시간은 두서없이 발표했다. 그 뒤로 일주일에 한 번 내 이야기를 해 보는 것은 도움이 되었다. 지금은 나를 있는 그대로 말하는 게 편안하다. 내 목소리에 자신감이 생겼다. 짧지만 내 이야기를 쓴다는 것이 뿌듯하다.

변하지 않는 건 없다. 다른 사람 앞에 서는 것이 두려워 시작하지 않았다면 나는 아직도 쓰는 손이 될 수 없었을 것이다. 가르쳐 보라는 권유에 가르치려고 배웠던 것이 나를 성장시켰다. 도움이 되려고 하는 마음은 주어진 일보다 더 크게 했다. 길게 해낼 수 없을 거란 두려움은 접고 참여했다. 내 이야기를 쓰고 말하는 훈련을 쌓아 갔다. 책을 성장의 도구로 활용했다. 글을 쓰면서 알았다. 내 경험이 다른 사람한테 도움이 될 수 있다는 것을. 이렇게 나는 변하고 있다.

자기계발의 미학

성장통으로 성장하다

양은영

기지개 켜며 멍때리는 시간에도 뒤처지는 세상이다. 생각 없이 살면서 고정된 과거의 편견을 갖고 살아가는 사람들이 있다. 나도 그랬다. 30년 전의 교육법으로 삼 형제를 가르쳤으니 말이다. 세상이 달라졌다는 것을 지금의 교과서를 보고 알게 되었다. 지식도 변한다는 것을 큰아들이 학교 들어갈 준비를 할 때가 되어서야 깨달았다. 없어진 지식도 있구나. 세상에 변하지 않는 진실이 있다면 변화가 늘 일어나고 있다는 것이 아닐까. 우리의 삶도 변화될 수 있다. 준비한 사람에게 기회가 오듯이 변화된 삶을 바란다면 변화할 준비를 하는 것이 맞다. 내가 살아갈 인생의 가치를 다시 설계하면서 그 과정에 필요한 것을 배우고 익히며 노력했다. 돈이 중요하다 하지만 건강이 필수적 요소가 아니던가. 세상에서 가장 비싼 침대가 병상이라는 것처럼 말이다. 아무리 돈이 많아도 나 대신 아파줄 사람을 구할 수 없다. 병치레가 많았던 삼 형제의 건강을 위해 공부를 시작하면서 세포 건강 전문가가 되었다. 가족을 넘어서 다른 사람들의 건강을 보살피는 일을 통해 보람된 시간을 보내고 있다.

회사에서 영양상담 전문 강사과정을 받을 때가 생각난다. 주제별로 강의를 준비하고 5분씩 릴레이 방식으로 예비 강사들이 강의를 진행했다. 시연이 끝나면 피드백을 받는다. 첫 주부터 헤어스타일, 화장법, 의상, 말투, 목소리 등을 지적받기 시작했다. 기분이 상당히 나빴다. 자존감이 바닥으로 떨어졌다. 급기야 왜 이런 대접을 받으며 강사가 되어야 하는지 목표가 흔들리기 시작했다. 결국, 강의의 내용이 아니라 외모를 지적하는 이런 강좌는 듣고 싶지 않다며 포기하겠다고 했다. 흥분한 목소리로 쏟아내는 나의 부정적인 말에 트레이닝 담당 멘토는 아랑곳하지 않았다. 오히려 대표 강사는 개인의 영역이 아니라 회사의 영역이다. 회사의 모습을 잘 담아내야 하기에 기존의 개인 이미지를 넘어서 회사의 이미지를 가져야 한다며 응원과 지지를 해 주었다. 하던 대로 살면 지금과 달라지는 것은 분명히 없다. 변화되지 않으면 안 된다. 대표 강사라는 책임감을 느끼며 매주 혹독한 피드백을 받고 결국 전문 강사가 되었다. 더불어 MVP도 받았다. 성장이란 것은 우리에게 찾아오는 새로운 변화이다. 그 변화의 과정에 성장통은 반드시 있으리라. 피할 수 없으면 즐기는 것이다. 하고자 한다면 불평하는 데 에너지를 쏟지 말고 더 잘할 수 있는 방법을 찾아야 한다. 해내고 나면 위대한 성취감을 만나게 된다. 실전에서 영양강의를 진행하면서 강의 실력은 점점 늘어났다. 이러한 경력이 인정되어서 대학 강단에서 건강학을 가르치게 되었으니까. 전국 곳곳을 다니며 시민들에게 영양강의를 하고 있다. 강의 후 쏟아지는 질문을 받았을 때 기쁘다. 진정성 있는 강의를 해줘서 감사하다는 말을 들으면 행복하고 뿌듯하다.

삶의 꿈을 찾고 그 꿈을 위한 도전이 시작되면서 나에겐 여러 가지 능력이 생겼다. 삶이 더 다채롭게 변화되고 있다. 10년을 세포영양전문가로 활동한 이력에 또 하나의 역사가 생겼다. 사람책이 된 것이다. 사람책은 자신이 가지고 있는 경험적 지식과 지혜를 사람들에게 강의를 통해 전해주는 방식이다. 사람책이 되기 위해 지원했고 이제 도서관 홈페이지에서 '양은영사람책' 열람을 신청할 수 있다. 지난 2월에 나는 첫 사람책 열람이 신청되어서 열 명의 독자들과 2시간 정도 사람책 읽기를 진행했다. 몸에 생기는 많은 불편함이 영양의 불균형 때문임을 알렸다. 세포 영양이 만들어내는 기적과도 같은 건강 회복 사례를 나누었다. 독자들은 영양의 중요성을 인지했고 공감했다. 각자가 가지고 있는 불편함에 대해 구체적인 질문을 했고 답을 해주며 생생하게 살아있는 정보가 오갔다. 사람책의 매력이 이런 것이 아닌가 싶다. 우리는 보통 책을 통해서 배우는 것에 익숙하다. 요즘은 AI가 책을 쓰는 세상이라 해도 책을 쓴 작가는 사람이다. 결국 우리는 내가 접하는 사람들을 통해서 배운다 해도 틀린 말이 아니다. 지금 이 책을 보고 있는 당신도 자신의 인생 과정에 빗대어 읽고 있으리라 생각한다. 그렇게 공감하며 깨닫고 삶에 적용하면서 우리는 늘 성장한다. 나 역시 새롭게 배우는 과정에서 성장하고 있다. 아무것도 선택하지 않았다면 아무 일도 일어나지 않는다. 뭐라도 해 봐야 뭐라도 변화가 생긴다.

직업상 낯선 사람을 만나야 하고 지속적인 관계십을 해야만 했다. 각기 다른 사람을 인정하기란 쉽지 않다. 나와 다른 생각과 행동을 하는 사람들이 쉽게 이해되던가. 사람 보는 눈이 부족해서 뒤통수 맞는 일도 많았다. 그럴 때마다 인간관계에 회의감이 들고 책 속에 빠져서 허우적대던 시간이 많았다. 땅에서 넘어진 자는 땅을 짚고 일어나야 한다는 말이 있다. 관계에서 찌그러진 자존감은 관계 속에서 복원할 수 있음을 사람을 통해 알게 되었다. 이별의 아픔을 새로운 연인으로 극복하듯이 사람에게 받은 상처는 인연으로 다가온 새로운 사람을 통해 극복된다. 좋은 것이든 나쁜 것이든 모든 사람에겐 배울 점이 있다. 지혜의 크기는 다르지만 받아들이는 자세에 배움이 있는 것이다. 낯설지만 새로운 사람과의 관계가 시작되면서 몸과 마음이 성장한 듯하다. 기질 교육을 통해 배운 것이 있다. 사람은 모를 때 불편하고 알면 편하다는 것이다. 우리에겐 타고난 기질이 있고 이것을 플러스로 쓰느냐 마이너스로 쓰느냐에 따라 관계의 성격이 정해진다. 기질 분석을 배우고 플러스 에너지를 쓰려고 노력하니 주변에 사람이 더 많아졌다. 나도 몰랐던 나의 천성을 알게 되니 자신감이 커졌다. 겁도 없이, 곧 오십을 맞이하는 인생의 반환점에서 타고난 기질을 발휘하며 창업에 도전하고 있다. 〈TMI 연구소〉다. 처음 창업을 준비하던 시기에 우

자기계발의 미학

여곡절이 많았다. 함께 하는 사람들의 생각이 너무 달랐기 때문이다. 과감하게 손을 놓았다. 그 결정을 하기 전까지는 고민도 많았고 상처도 컸다. 더 크게 성장하기 위한 성장통이 분명하다. 그 불협화음을 계기로 더 좋은 사람들과 〈TMI 연구소〉를 만들어 가고 있으니 말이다. TMI 연구소 교육생인 임 선생님은 기질 코칭을 통해 가족을 이해하기 시작하고 자아를 회복하기 시작했다. 어두운 과거의 사건들을 울고 웃을 수 있는 추억으로 바꿔냈다. 편안해진 상태로 마음에 오래 묻어 두었던 것을 글로 적어 연재를 했고, 이제 곧 작가가 된다. 활짝 웃는 임 선생님의 얼굴이 봄꽃보다 아름답다고 느꼈다. 불통과 멘탈 하락으로 고민하는 사람들에게 삶의 방향성과 가치를 선물하는 것이 TMI 연구소의 창업이념이다. 내가 살아가면서 배운 지식이 또 누군가에게 도움이 되니 보람되다.

작은 배움 하나에서 멋진 성장이 이루어지고 있다. 배움이 시작이나 그것을 실천해 보는 것이 중요하다. 머릿속의 망상으로 끝날 것이 아니라 현실화시키는 것은 도전과 실행뿐이다. 실패도 성공이고 과정도 성공이다. 그 속에서 우리는 반드시 성장하기 때문이다. 경험을 통해 되는 것을 맛봐야 한다. 그 경험의 종류와 크기는 달라도 삶을 빛나게 하는 것은 같다. 무엇이든 시도하고 해 보자. 우리는 가지고 있는 것이 많으니까.

평생 공부하는 사람으로 만들어 줄 무기들

어수혜

새벽 기상을 하면서 시간을 더 잘 활용하고 싶어 다이어리를 썼다. 그전에도 해마다 다이어리를 샀지만, 끝까지 써본 적이 없었다. 일 년간 애쓴 덕에 생애 처음으로 마지막 장까지 꽉 채운 다이어리를 완성했다. 처음엔 할 일 목록, 계획, 실천, 하루 회고만 적었다. 2023년부터는 독서, 영어 등의 자기계발 시간과 운동 시간도 각각 매일 적어보았다. 주간과 월간 시간을 집계하니, 일 년도 쉽게 파악할 수 있었다. 일 년간 자기계발에 1,025시간, 운동 246시간을 쓴 것이 보였다. 매일 세 시간은 나를 위해 쓴 셈이다. 참 애썼고 열심히 살았구나! 스스로 다독였다. 책상에 앉는 것조차 힘들었는데, 이제는 한 번에 두 시간 정도는 거뜬하다. 내가 쓴 일년의 시간이 다이어리 한 권에 고스란히 남았다. 시간 기록의 장점 중 하나는 낭비 시간도 보인다는 것이다. 무심코 흘러버린 시간을 모아보

자기계발의 미학

니 여유가 있었다. 이참에 인기 좋은 챌린지들도 참여해 보기로 했다. 우선 새벽 기상 적응과 멀티태스킹을 없애기 위해 66일간 정한 목표를 실천하는 '66 챌린지'에 두 번 참여했다. 생각 정리 도구인 만다라차트를 백 일 동안 쓰는 '백일백차트 챌린지'도 도전하여 완주했다. 챌린지에 참여하면 매일 인증하는 과정은 고되지만 여럿이 함께하니 습관 형성에 큰 도움이 된다. 그러나 완주하겠다는 목표가 챌린지 참여의 목적이 되면 위험하다. 완주가 아니면 하지 않겠다는 생각은 인증을 숙제로 만들고, 잘하던 루틴도 망칠 수 있기 때문이다.

이년 째 내 다이어리는 빼곡히 채워져 있다. 하루의 일과를 적고 그날 느낀 좋은 점, 감사한 점, 아쉬운 점 등을 적는다. 일상을 기록으로 남긴다. '오늘 완벽했어!'라고 회고할 때가 있다. 바로 일, 운동, 공부, 가정을 빼놓지 않고 잘 챙긴 날이다. 한 달에 몇 번이라도 이런 완벽한 하루를 보내면 그 성취감에 더 의욕이 생긴다. 진작에 꾸준히 다이어리를 썼더라면 내 인생은 어떻게 바뀌었을까. 다이어리를 쓰기 전의 기억은 거의 다 흐릿했다. 어느 날 문득 방향을 잃고 버거울 때면 지난 다이어리를 펼쳐 본다. 차분히 보다 보면 그 당시의 열정이 떠올라 든든하다.

2022년 6월 블로그에 그동안 쓴 다이어리를 한 장씩 넘기는 영상을 올렸다. 음악과 글자도 넣어 정성을 들인 첫 편집 영상이었다. 새벽 기상 커뮤니티인 나미모 리더 죠엘 님이 내 블로그를 보고 연락을 주었다. "엘리 님, 나미모에서 다이어리 쓰기에 대한 노하우를 나눠줄 수 있으세요?"라고 물었다. 듣자마자 이제 시작하는 마당에 자신이 없어 손사래를 쳤다. 이후 또 권유받았다. 평소 많은 힘이 돼 준 커뮤니티에 조금이라도 보탬이 되고 싶어 그제야 해 보겠다고 답했다. 나는 PDS(Plan Do See) 다이어리를 쓴다. 꾸준히 써보니 구성이 단순하고 하루 시간도 한눈에 볼 수 있어서 추천할 만했다. 그래서 내 다이어리를 다 오픈하기로 마음먹고, 작성 팁도 나누는 강의를 준비했다. 이왕 주어진 시간이니 조금이라도 더 잘해 보고 싶었다. 기록 관련 책들과 새로 출시된 다른 다이어리들도 사서 검토했다. 어릴 적부터 발표 불안이 있어서 사람들 앞에만 서면 마음이 급해져 말이 빨라졌다. 이번만큼은 잘해 보고 싶어 반복해서 미리 연습했다. 음성을 녹음해 들으며 내 어투와 말 속도도 점검했다. 드디어 2022년 11월 강의 날. 떨리는 마음으로 자기소개부터 시작했다. 무슨 말을 했는지도 기억이 안 날 정도로 긴장하며 한 시간의 강의를 마쳤다. 강의가 끝나자 여러 회원이 내용이 유익하고 목소리 톤과 설명도 좋았다는 후기를 남겨주었다. 처음으로 내 이야기로 꾸려본 강의가 다른 사람에게 도움이 되었다니 뿌듯했다.

2022년 말 '나미모' 회원 대상으로 '나다모'라는 다이어리 오픈 채팅방을 개설했다. 목표는 다이어리 일 년 완주하기였다. 서로 지치지 않게 독려하고 다이어리 쓰기 팁도 나누었다. 일 년 후 총 열네 명이 다이어리 한 권을 완주했다. 연말 오프라인 모임에 손때 가득한 다이어리를 보며 서로 완주의 기쁨을 나눴다. 2024년에도 또 한 번의 일 년 완주를 목표로 다이어리를 함께 쓰고 있다. 매월 첫째 주 일요일, 줌에 모여 회고와 계획을 나누는 월례회를 한다. 그

안에서 또 다른 힘을 얻어 한 달을 차분히 시작할 수 있다.

　2023년 1월부터 11월까지 '아이캔유튜브대학' 네 학기를 전부 수료했다. 우연히 기록학자 김익한 교수의 강연 토크쇼 〈코끼리〉를 접했다. 자유로운 여행 작가를 꿈꾸며 차곡차곡 한 방향으로 가는 교수님의 여정이 멋졌다. 강연을 들으며 내가 진정 원하는 '꿈'에 대해 생각해 봤다. 꿈은커녕 좋아하는 것조차 선뜻 말하기 어려웠다. 내가 좋아하는 것을 찾아 잘 기록하다 보면 내 꿈도 선명해지지 않을까 하는 생각이 들었다. 그래서 교수님께서 운영하는 온라인 대학에 등록했다. 네 학기 과정은 나다움, 문해력, 일상 관리 및 회복, 공부 기초 근력 강화, 소통 및 관계 회복, 기초 교양 지식(철학, 경제학, 문학, 예술, 삶의 의미와 치유, 타자 공헌과 존엄한 죽음)으로 구성되었다. 이 과정을 차분히 밟으니, 삶의 시야가 조금 더 넓어졌다.

　과정 중 제일 먼저 배운 것은 '인생 지도 그리기'다. 링 카드 한 장을 펴고, 가운데에 네모를 그리고 그 안에 내가 바라는 모습을 적는다. 이를 중심으로 일, 성장, 가족, 건강과 놀이, 관계에 대한 계획과 실천을 몇 가지 적는다. 양 끝에는 좋은 습관과 나쁜 습관을 적는다. 간단하지만 강력한 힘을 가진 방법이다. 이 방법의 핵심은 한 번 그린 뒤 넣어두는 것이 아니라 분기에 한 번은 새로 그리며 서로 비교하는 것이다. 이번 달에 적은 카드와 작년 카드를 비교하니 내게 생긴 큰 변화가 한 눈에 보였다. 그리고 최근 몇 달의 인생 지도를 펴고 또 다음 몇 달을 계획하고 실천하면, 방황하지 않고 내가 원하는 모습을 향해 갈 수 있다.

다음으로 배운 것은 '주제 공부법'이다. 관심이 가는 주제를 선정하여 일정 기간 어떤 과제를 할 것인지를 정하는 것이 시작이다. 생업과 일상 시간을 제외하고 내가 이 공부에 쓸 수 있는 시간이 얼마인지를 우선 파악한다. 그리고 그 기간에 수행할 세부 과제를 통해 얻을 '핵심 성공 요인'을 정한다. 마지막으로 계획에 맞춰 공부하고 결과물을 산출한다. 만약 일상이 고되서 '명상이 필요해. 명상 공부를 해 볼까?'라는 주제를 정했다고 하자. 삼 개월이라는 기간을 정했다면 그사이에 책 몇 권을 엄선해 계획한 분량대로 읽고 정리한다. 이 내용을 체계화하여 '나만의 명상법' 문서 파일을 만드는 것이다. 이를 실행하면 명상의 지식과 습관을 동시에 얻을 수 있다. 그 분야에 흥미를 느껴 더 깊이 공부한다면 책으로 출간할 수도 있다. 다른 예로, 은퇴 후 여유시간이 충분할 때 해외여행을 준비한다고 하자. 그 전 삼 개월 동안 그 나라의 음악, 미술, 역사적 장소 등을 정리하며 여행을 계획한다. 정성스레 만든 자료를 가지고 하는 깊이 있는 여행은 준비부터 끝까지 설렐 것이다. 이처럼 매년 두세 가지 주제를 깊게 공부한다면, 노후에도 공부할 거리는 무궁무진할 것이다. 자연스레 '평생 공부하는 사람'이라는 상상도 이룰 수 있게 된다.

김익한 교수는 생각과 실행을 바탕으로 기록하면 꿈은 현실이 된다고 했다. 앞으로도 꾸준히 다양한 기록법을 익혀 다른 사람에게 도움이 되는 일을 하고 싶다. 나에게 어떤 미래가 펼쳐질까. 다

자기계발의 미학

이어리와 인생 지도로 든든하게 무장한 나. 하고 싶은 것을 하나
씩 해 보고 싶다. 앞으로 펼쳐질 날들이 기대되는 이유이다.

외국어 공부는 성장이고 품격입니다

이명희

친구가 나에게 한 말이 기억납니다.

"왜 일본어를 배웠어. 영어가 더 중요하지 않아?"

어릴 때 일본 드라마를 보고 일본에 가고 싶어졌고 열심히 치열하게 사는 드라마 속의 일본 사람들이 그냥 좋았던 것 같습니다. 그때부터 일본어 공부를 하고 싶었습니다. 처음 시작한 것이 20대였습니다. 일본어 공부를 한 후 일본과 관련된 것이 더 많이 궁금해졌습니다. 늘 일본에 유학 한번 가는 것이 꿈이었습니다. 나이 육십 세, 일본 유학의 꿈은 포기가 안 됩니다. 2027년에는 치바켄 (千葉県)에서 1년 살기를 하며 일상에서든 어학원을 통해서든 일본의 '환대', '대접'(おもてなし, 오모테나시)에 대해 공부를 하며 체감하고

자기계발의 미학

싶습니다. 일본의 전통적인 문화 오모테나시를 배워 더 따듯하고 친절한 사회를 만드는 데 도움이 되는 일을 하며 살고 싶습니다.

일본어 공부 덕분에 무역회사 일본팀에서 일을 하게 되었습니다. 오더를 받고 진행을 하고 선적을 해야 하는 업무였습니다. 힘들고 바쁜 업무는 긴장감과 책임감을 느끼게 했고 업무를 통해 많은 것을 배웠습니다. 열심히 한결같은 마음으로 몰두해서 일을 했습니다. 그 고단한 일에서 기쁨이 생겼습니다. 일이 좋아졌고 몰두하는 동안에 일은 더 재미있어졌습니다. 몰두와 책임감, 긴장감의 매력과 힘을 알게 되었습니다. 늘 새 힘을 주었고 지칠 줄 모르는 에너지를 주었습니다. 수도 없는 해외 출장은 힘이 들 때도 있었지만 해외의 공기와 분위기는 또 다른 에너지를 줍니다. 바이어와의 미팅과 비즈니스를 통해 많은 것을 알게 되었습니다. 미팅은 홍콩에서 주로 했습니다. 평생에 한두 번 여행으로 가는 홍콩을 수도 없이 많이 갔습니다. 침사추이의 골목길을 알 정도로 홍콩을 많이 갔고 과일 카페, 해양 공원에서의 추억은 지금도 에너지가 됩니다. 모두 외국어를 공부한 덕분이라는 생각이 들었습니다. 오더 계약을 하는 날과 선적하는 날의 기쁨은 무엇과도 비교할 수 없을 정도로 컸습니다. 외국어를 배운다는 것은 품격 있는 취미라는 말이 생각납니다. 외국어 하나를 마스터하면 또 다른 차원의 미래의 꿈을 가질 수 있습니다. 일본어를 한다는 이유로 늘 자신이 있었고 당당했습니다.

장거리 직장이라 퇴근을 하고 집에 오는 시간은 다른 일반 직장

인보다 많이 늦었기 때문에 택시를 이용할 때가 종종 있었습니다. 지금도 기억에 남는 한 택시 기사님의 말이 생각납니다. "어디를 다녀오세요?" 퇴근길이라고 답변을 드리며 "어떤 일인데 서울까지 다니세요."라는 질문에 일본 기업에서 번역 일을 한다는 이야기에 기사님은 놀라시고 과찬을 해 주었습니다. "그런 능력을 갖고 계시다니 멋지십니다. 이 나이가 되면 흔히들 그릇 닦는 일이나 청소 일을 찾고 있는데 대단하십니다." 하루의 고단함이 말끔히 사라졌습니다. 많은 사람들이 청소하는 일, 그릇 닦는 일을 찾아다녀야 하는 나이에 번역 일을 찾아다녔습니다. 힘든 대학 공부를 해서 자격증을 취득하고 일본 대기업에 취직까지 했습니다. 안정되고 나름의 품위 있는 일을 하며 나날이 성장하고 새로운 꿈도 생겼습니다. 일본어 덕분에 꿈도 더 크고 넓게 가질 수 있다는 것을 알았습니다. 장거리 직장인이라 다른 사람의 두 배의 노력을 해야 공부와 자기계발을 할 수 있었지만 보람이 있었습니다.

2022년 1월 1일부터 미라클 모닝을 시작했습니다. 매일 새벽 4시 33분에 알람이 울립니다. 무거운 눈꺼풀과 무거운 이불을 간신히 이겨내며 일어나는 날이 많았습니다. 출근 준비를 하고 줌으로 커뮤니티 공부방에 입장을 합니다. 일본어 원서 읽기를 위한 공부를 했습니다. 오늘이 저의 미라클 모닝 888일 차입니다. 888일 차의 미라클 모닝은 저에게는 말 그대로 미라클입니다. 일본어 원서 읽기 공부는 나의 업무에도 많은 도움이 되었습니다. 지금 읽고 있는 책은 이나모리 가즈오의 《어떻게 살아야 하는가》입니다. 불후의 롱

베스트셀러이고 150만 부를 돌파했다고 합니다. 세대의 흐름에 맞게 읽을 수 있는 책이어서 인생철학의 금자탑이라고도 불리 우는 도서라 삶에 또 다른 에너지를 받으며 읽고 있습니다. 이 원서를 읽으며 처음으로 '존재의 책임감'에 대해 생각해 보는 시간도 있어 너무 좋았습니다. 일본어 원서를 읽기 위해서는 먼저 공부를 해야 합니다. 정해진 나의 분량을 처음부터 끝까지 한번 읽으면서 모르는 부분에 표시를 해야 합니다. 일한사전 파파고에 들어갑니다. 한자로 나와 있는 단어는 히라가나로 읽는 법을 찾아야 합니다. 인내가 필요하고 시간도 필요합니다. 히라가나로 되어 있어 뜻을 모르는 단어도 찾아야 합니다. 이렇게 읽는 법을 전부 확인합니다. 읽는 법을 확인 후 전체를 한번 또박또박 천천히 읽으며 어떤 내용인지 확인을 합니다. 막히지 않고 읽을 수 있도록 또 한 번 읽어 봅니다. 이야기에 빠져들면 너무 재미있습니다. 이렇게 매일 아침 6시에 7명이 모여 40분 정도 일본어 원서를 1인 하루에 2페이지를 읽습니다. 늘 적극적이고 열정이 넘치는 한 멤버가 사전에 정해준 각자의 분량을 하루 전에 과제로 완성하여 단톡방에 공유합니다. 자신의 순번 시간에 자신의 분량을 읽습니다. 사전 과제를 하는 시간과 자신이 읽는 시간, 멤버들이 읽는 것을 듣는 시간은 동기부여를 넘어 힐링도 됩니다. 재미있는 공부 시간 오래오래 하고 싶습니다. 일본어 원서 읽기를 하는 커뮤니티의 목표는 세계 명작을 다 읽는 것입니다. 10년은 필요하지 않을까 하는 생각이 듭니다. 생각만 해도 설레고 기쁘고 행복합니다. 일본어 공부 방법 중 다른 하나는 우리의 트로트를 일본어로 번역해서 부르는 것입니다. 한국어 가사를 일본어로 번역을 합니다. 번역 후 음절과 글자 수를 맞추어야 박자에도 맞습니다. 똑같은 글자 수의 뜻이 같은 단어를 찾기가 쉽지 않습니다. 반복 불러보고 또 불러보아야 같은 글자 수의 가장 가까운 일본어 단어를 찾을 수 있습니다. 노래로 부르는 단어는 재미있고 기억에도 잘 남습니다. 노래 하나를 번역하고 내 마음에 어느 정도 들 때까지 반복해 보는 데는 약 5시간이 필요합니다. 심심할 때 우울할 때 아무것도 하기 싫을 때는 번역한 노래를 몇 시간을 부르며 시간을 보냅니다. 일본어 공부도 되고 기분도 좋아지고 스트레스도 풀립니다. 김종환의 〈사랑을 위하여〉를 번역하여 부르며 즐겁게 보낸 시간은 지금도 에너지가 됩니다. 그 외에도 진미령의 〈미운 사랑〉, 백난아의 〈찔레꽃〉, 강진의 〈삼각관계〉 등 노래를 번역하여 종종 부르며 시간을 보내고 있습니다.

일본어를 너무 좋아합니다. 닉네임도 일본어로 우레시이(嬉しい)입니다. 매일 기쁘게 보내고 싶어 일본어로 '기쁘다'. 즉, 우레시이로 지었습니다. 재미있게 같이 공부하는 멤버들에게 많이 배우고 그저 고마운 마음입니다. 일본어 공부를 생각하면 기분이 좋아집니다. 이는 생활에 기쁨을 줍니다. 이는 성장하게 해 주었고 희망을 주었습니다. 늘 새로운 꿈을 주었습니다. 매일 새날을 맞이하게 해 주었고 새 힘을 주었습니다. 공부, 배움, 학습은 성장이고 더 좋은 삶을 살게 해 주었습니다. 글로벌 세상이고 IT 세상일수록 외국어는 더 중요하고 필요합니다. 재미있는 일본어 공부입니다. 재미있으면 집중이 되고 집중이 되면 엔돌핀이 생긴다고 합니다. 엔돌

자기계발의 미학

핀이 생기면 행복하고 행복하면 건강해집니다. 공부는 집중이 필요합니다. 집중하면 명상이 됩니다. 공부는 명상입니다.

꽃잎을 즈려 밟고

~~~~~~~~~~~~~~~~~~~~~~~~~~

이미영

"안녕하세요. 2024년 OO 부모 교육 강사 양성 기본 과정에 오신 것을 환영합니다."

수업 참여에 신청서를 내고 기다리니 시에서 수업 개강 안내 문자가 왔다. 에코백에 노트와 펜, 나의 여유를 챙겨줄 책을 하나하나 챙겼다. 그리고 야간 근무의 피곤을 달래줄 커피도 텀블러에 가득 담았다. 무거워진 가방을 메고 나오니 분홍 벚꽃이 눈처럼 흩날리는 기분 좋은 날이다. 수업은 두 시간 정도이지만 가볍게 산책할 생각에 겉옷도 챙겨본다. 수업 장소까지 30여 분이 걸릴 듯하니 부지런히 나서야 한다.

20여 년 전부터 강사가 꿈이란 걸 알았다. 하지만 강사가 되는

자기계발의 미학

길은 쉽게 열리지 않았다.

보험 설계사를 권유하던 지인이 업무 중에 강사도 있다는 말에 신랑을 설득해 입사도 했다. 그때는 일정액의 매출을 올려야 했고 치열한 하루하루가 신입사원으로서는 감당이 안 될 것 같아 포기를 했다. 지금 마음가짐이라면 도전했을 텐데. 이제 와 후회해 봐야 소용없단 걸 안다. 그렇게 세월을 흘려보내며 어떤 공부를 어떻게 시작해야 하는지도 몰랐고, 애 키우며 집 산다고 돈 버는 일에만 급급했다. 아이를 늦게 출산한 탓에 하고 싶은 일에 시간과 돈을 투자하기엔 늦었다고 생각했다. 지금에 와서 보니 늦지 않았다. 다독을 하고 강좌를 듣고 실제 강의도 하며 정말 신기루 같은 세계를 경험하고 있다. 더 공부하고 싶은 생각이 들어 올해는 적극적으로 도전을 해 보기로 했다. 인생이란 게 뭐든 자기만족이니까. 후회하는 게 싫어 오늘도 분홍 꽃잎이 흐드러지게 피어 있는 꽃길을 지나 도서관으로 향한다. 팀원들과 이야기를 하고 정보를 공유하는 시간은 어김없이 발표를 해야 한다. 말 좀 한다는 나보다 더 센스 있게 발표하는 수강생들을 보며 한참은 더 노력해야 하는구나 하고 생각했다. 늘 무언가를 깨우쳐 주는 수업 시간이 새롭고 고맙다. 다른 사람도 나를 보면 같은 생각일까? 하긴 생각이 같은 분들이니 평일 오전의 수다를 마다하고 늦잠도 뿌리친 채 여기 앉아 있는 것이다. 그러니 눈들은 더 초롱초롱하다. 수업의 횟수가 늘어날수록 자투리 시간의 활용도 또한 남다름을 알았다. 만날 때마다 본받을 것이 있음에 감기는 눈도 뜨게 해주는 마력을 지닌 사람들이다.

책상 위 달력은 메모로 빽빽하다. 줌 수업, 학교 수업, 대면 수업 등 놓치지 않으려고 기를 쓰며 정리를 한다. 부지런히 살 수 있는 시간들이 감사하다.

23년엔 뜻이 맞는 분들과 동아리를 결성해 1년 동안 많은 일들을 겪으며 값진 경험을 했다. 각자 사는 게 바쁘다 보니 운영자를 도와 큰 힘이 되어 주지 못한 게 아쉽다. 그때 만났던 7분의 강사님들이 보여 준 무지개 색깔 같은 각자의 개성은 정말 많은 도움이 되었다. 배려, 양보, 사랑, 침묵, 열정, 부지런함, 용기를 배우며 지낸 세월은 앞으로 살아가면서 어떤 일을 하든지 기억될 것이다. 그 분들이라면 어땠을까? 하면서 그렇게 해 보려고 노력할 때도 있었다. 시에서 개최하는 취업 박람회에서 재능기부를 하게 되었다. 그들의 아픈 마음을 조금이나마 위로하고 어루만져 주는 시간은 돈을 받고 하는 강의보다 알찬 시간이 되었다. 경험하지 못했을 그들의 이야기와 삶을 향한 강한 의지는 나를 반성하게 했다. 여러 번의 취업 박람회에 참석하면서 난 행복한 사람이구나 하는 마음이 들게 했던 귀하고 값진 경험이자 동아리 활동이었다.

책을 읽기만 하는 게 아닌 필사도 한다. 어깨와 손가락이 아프다. 멈춰 버리면 다시 시작할 수 없음을 알기에 강하게 마음먹고 놓지 않으려 한다. 필사의 첫 계기는 블로그를 쓰면서다. 인용하고 싶은데 도대체 생각이 나지 않아 방법을 찾다가 쓰게 되었다. 책을 읽다 보니 필사는 아주 중요한 부분이고 꼭 필요한 부분임을 알았다. 어느덧 필사 한 분량이 대학노트로 여러 권을 넘어가고 있다.

　　　　　　　　　　　　자기계발의 미학

가끔 펼쳐 보면 머리에 쏙쏙 잘 들어오기도 하고 정리가 되어 있어 인용하기에도 편하고 좋다. 요즘에는 단편 에세이나 소설을 읽으면서도 좋은 문장이 나오면 필사하고 내 나름의 느낌도 적어본다. 그럴 때는 작가가 된 기분으로 엉뚱한 결말을 맺어 놓고 실컷 웃을 때도 있다.

지금 하고 있는 공부의 방법이 정석은 아닐 수 있다. 하지만 나만의 스타일로 변형시켜 열중하다 보니 지루함도 덜하고 흥미롭다. 이쯤에서 덧붙일 것은 건강 또한 공부에 대한 열정만큼 가져야 한다는 것이다. 건강하지 않으면 모두 쓸모가 없음을 기억해야 한다. 병을 키워 병원에 가는 나쁜 습관은 이제 버려야 할 때이다. 전엔 읽기 좋은 책을 위주로 보았다면 요즘은 고쳐야 할 부분을 알려 주는 책을 선호하고 있다. 상대방의 말 잘 듣고 대화하는 법, 건강을 지켜주는 식사법, 무리하지 않게 운동하는 법 등. 몇십 년 동안 살아온 습관인데 쉽게 변하지 못한다는 것을 안다. 하지만 시도하지도 않고 안 된다는 답을 내리기는 싫다. 해 보고 포기하자. 많이 보고, 듣고, 생각하는 시간을 투자하면 누구든 성공할 수 있다. 목전에서 포기하지 않는 마음을 기르기 위해 장거리 걷기를 한다. 처음엔 편하게 신던 운동화를 신고 출발했다. 15킬로를 완주는 했으나 자세가 잘못되었는지 옆구리와 허리가 아파서 진땀을 뺀 적이 있다. 그날의 걷기를 통해 배운 것이 있다. 무엇이든 나에게 맞아야 한다는 것이다. 열심히 찾다 보면 찾아지지 않을까. 어느덧 초보 단계는 넘어서 눈높이의 책과 수업을 알아본다는 게 얼마나 다행스러운지 모른다.

    강사로서의 멋진 시간을 보내고 쓰고자 하는 글에 가볍게 펜을 드는 작가를 꿈꾼다. 흰머리도 고운 할머니가 되어 예쁜 숄을 어깨에 두르고 물안개가 피어오르는 호숫가에서 새벽을 맞이하며 차를 마시고 싶다. 어릴 적부터 소망하던 나의 꿈이다. 할 수 있다는 희망을 품는다는 것은 놓을 수 없는 희망이다. 수업을 마치고 오는 길 여전히 꽃잎은 내 앞을 환하게 해 주었다. 선물로 주신 감사 일기 노트에 적을 내용이 벌써 다섯 개나 되는 날이다.

자기계발의 미학

나에게 꼭 필요한 공부

이은경

나에게 필요한 공부를 했어야 했다. 보육교사 자격증이 있다. 아이 넷 낳아서 키우느라 바빠서 있어도 사용할 수 없었다. 배웠던 게 우리 아이들 키울 때 도움이 되었겠지 하고 생각하면서 위안을 받는다. 지금은 허리 아프고 무릎도 아프고 팔다리도 아파서 보육교사 자격증은 무용지물이 되었다. 사회복지사 자격증은 일부러 자격증 신청을 하지 않았다. 내 성향이랑 맞지 않는다고 판단했기 때문이다. 몇 년 전까지만 해도 나는 다른 사람의 고민을 잘 들어주고 도와줄 수 있는 봉사 정신이 강한 사람이라 착각했다. 그런데 지금 와서 보니 다른 사람이 원하는 것을 무조건 들어주는 사람이었다. 남의 눈치를 봤고 다른 사람이 서운해할까 봐 두려웠기 때문이다. 자기계발을 시작하면서 나를 돌아보며 알게 되었다. 나는 그냥 좋은 사람으로 보이고 싶었다는 걸. 지금까지 나는 따 놓고 쓰지도 못할 자격증들을 취득하고 있었다.

돈가스 가게 몇 년 하는 동안 버는 돈 보다 쓰는 돈이 더 많았다. 마이너스 생활을 했다. 가게를 접으면서 작은 집으로 이사를 해야 했다. 집이 좁아서 시어머니랑 함께 생활할 수 없었다. 어머님은 더 작은 집을 구했다. 남편과 나는 각자 일을 하며 차가 필요했다. 중고차를 하나 더 구입했다. 남편은 발이 불편해 시간제 일을 했다. 지금까지 내가 가지고 있는 선한 이미지, 아무것도 할 수 없을 것 같은 약한 이미지를 벗어버리고 싶었다. 아니 버려야 했다. 나이 오십에 경력 없는 아줌마를 채용해 줄 곳은 그리 많지 않기 때문이다.

내가 할 수 있는 일을 찾다가 보험 영업을 하게 되었다. 상가 분양을 하다가 네트워크 마케팅도 하게 되었다. 모두가 사람들과 소통하는 일이다. 사람들한테 제품 설명도 해야 하고 설득도 해야 한다. 이제는 나한테 필요한 공부를 해야 했다. 자기계발, 이왕 하려면 제대로 해 보자는 생각이 들었다.

독서 모임에 가입했다. 책을 읽고 글을 쓰고 말하는 모임이라 했다. 내 이야기를 글로 쓰고 발표한다는 게 큰 부담으로 다가왔다. 일주일에 한 번 새벽 다섯 시 반에 줌에서 모인다고 했다. 새벽에 일어나 본 적이 손가락으로 꼽을 수 있을 정도다. 일어날 수 있을까. 일주일에 한 번만 일찍 일어나기로 했다. 친구가 리더로 있는 모임이어서 오랫동안 고민하지 않고 시작하게 되었다. 처음엔 책 읽기도 힘들었다. 낮엔 얼마 전에 시작한 네트워크 마케팅 오프라인 매장에서 일했다. 저녁엔 치킨집 주방에서 아르바이트하고 집에 오면 열한 시. 늦을 땐 열두 시가 된다. 몇 페이지 읽다가 잠들기 일쑤였다. 너무 졸리면 일어나서 읽었다. 안 되겠다 싶어서 나름대로 규칙을 정했다. 한 문장에라도 밑줄 긋고 잠들기. 꼭 책을 끝까지 읽지 않아도 된다. 문장 찾아서 내 경험을 이야기로 풀어 글을 쓰면 된다. 나는 밑줄 그은 문장을 보면서 어렸을 때 추억을 떠올렸다. 아이 넷 키우면서 시어머니와 육아에 대한 방식이 달라서 말 못 하고 속으로 걱정했던 기억도 떠올렸다. 주말엔 글을 썼다. 어디서부터 어떻게 시작해야 할지 몰라서 노트북 화면만 멍하니 쳐다본 적도 많았다. 처음 원고를 써서 친구한테 보냈다. 내가 쓴 글 아래에 "질문에 답하다 보면 글이 완성될 거야!"라고 쓰여 있었다. 그리고 그 아래에 내가 쓴 글에 대해서 궁금한 것들을 쭉 적어놓았다. 친구의 질문에 대답을 하다 보니까 정말 한 편의 글이 완성되었다. 신기했다. 그래서 인쇄해 놓고 책상에 붙여 놓았다. 글 쓸 때 보고 있으면 도움이 되었기 때문이다. 독서 모임이 있는 날 처음으로 내 글을 발표할 때 어떻게 했는지 기억도 나지 않는다. 그래도 참여하는 횟수가 늘어날수록 글 쓰는 실력도 늘었다. 발표하는 것은 많이 부족하다. 하지만 이것도 계속하다 보면 좋아질 거라 믿는다. 친구가 말했다. 우리는 가만히 있는 것 같아도 매일 조금씩 성장하고 있으니까 조급해하지 말라고.

캔바를 배우기 시작했다. 네트워크 마케팅을 하면서 오프라인 매장 예쁠지니를 오픈했다. 추석이 다가오고 있어 선물 세트 광고를 해야 했다. 유튜브를 찾고 인터넷 검색을 하다가 캔바 강의를 들었다. 하루 종일 사진이나 요소를 찾아서 배치해 보고 글씨도 넣어봤다. 색상도 바꿔보면서 제법 괜찮은 광고 전단을 완성했다. 고객들한테 전송했다. 엘리베이터 안의 간이 광고도 만들었다. 사람들한테 나눠 줄 전단지도 만들었다. 혼자 강의 듣고 몇 가지 필요한 것들을 만들다 보니 더 멋지게 만들어보고 싶었다. 유료 강의를 찾아서 신청해서 들었다. 크리스마스카드를 만들었다. 움직이는 글자와 그림도 넣고 음악도 삽입했다. 배운 것을 응용해서 신년 카드도 만들었다. 예전에는 다른 사람이 만들어 놓은 거 부탁해서 고객한테 보냈다. 캔바를 배운 후 내가 전하고 싶은 문구를 넣어서 직접 만들어서 보낼 수 있었다. 세상에 하나밖에 없는 특별한 카드를.

피부관리사에 도전했다. 내가 운영하는 매장에서는 기계를 이용해서 마사지를 했다. 손으로 하는 마사지를 추가하면 손님이 많을 것 같아 배우기 시작했다. 필기시험 공부를 했다. 고대 피부 관리의 시작부터 지금까지의 역사와 피부별 제품을 외워야 했다. 실기는 순서를 알아야 하고 손의 테크닉, 시간 분배, 마무리 체크까지 완벽해야 했다. 마네킹을 놓고 강사님을 따라 하며 배웠다. 지인들을 가게에 초대해서 연습했다. 실기 시험 보는 날은 긴장이 되어 세 시간밖에 못 잤다. 실기시험은 얼굴 마사지, 다리 관리, 제모, 림프 관리까지 하면 세 시간이 조금 넘는다. 태어나서 이렇게 긴 시간 긴장하면서 시험 보기는 처음이었다.

　자기계발을 하면서 책을 읽고 글을 쓰고 발표하는 독서 모임을 시작했다. 캔바를 배우고 피부관리사 자격증도 도전했다. 모두가 지금 하고 있는 일과 관련성이 있고 도움이 되는 공부다. 몰랐던 것을 알아가며 성취감을 느꼈다. 뭐든지 할 수 있다는 자신감도 생겼다. 사람들과의 관계도 예전처럼 어렵지 않다. 인생의 반을 남 눈치 보며 살았다. 남은 인생은 남이 아닌 나 자신한테 의지하려 한다. 오롯이 나로 살아가려 한다. 내가 하고 싶은 것 하고 필요한 공부를 하면서 품격 있는 노후를 위해 오늘도 한 걸음씩 나아가고 있다.

감정 관리와 스트레스 극복

제4장

몸 튼튼 마음 튼튼

김경아

마흔다섯 살에 완경이 되었고 갱년기에 접어들었다. 완경 후 2년 동안은 부동산 공부에 매진하느라 갱년기를 느끼지 못하고 자연스럽게 지나갔다. 합격증과 함께 갱년기가 시작되었다. 열이 오르내리는 건 기본이고 감정의 기복이 시시각각 변하는 것이 내 몸 같지 않았다. 툭하면 짜증이 났고 인상을 썼으며 미간의 주름은 자리 잡혀갔다. 나만 힘든 것이 아니었다. 가족들에게도 미안한 상황이 반복되고 있었다. 감정 조절을 위한 몰입이 필요했다. 감정 오일. 속마음을 들키고 싶지 않아 피했었다. 하지만 나와 마주해야 했다. 나를 위해서. 감정 오일을 생활화하면서 나의 현재 감정에 집중을 하게 되었고, 흔들리는 감정을 평온한 상태로 잡아주고 있다.

그리고 불편한 감정, 상황을 표현해 보기로 했다. 솔직하게 얘기하거나 거절의 의사표시를 하는 게 어렵고 힘들다. 상대방과 감정

자기계발의 미학

적으로 부딪히는 게 싫어서 피하거나 참았었다. 참을만했고 버틸 수 있었다. 하지만 참다 보니 화가 많아졌고 짜증이 몰아치는 악순환이 반복되고 있다. 남편에게 요즘 내가 가장 화나고 속상한 이유를 얘기했다. 갱년기로 인해 변화되고 있는 체형을 보면 화가 나고, 감정 조절이 내 맘대로 안돼서 속상하고, 늙어가고 있는 것 같아 슬프다고 말했다. 특히, 얘기도 잘 안 들어주고 서운하게 했던 남편들의 행동들이 가장 속상했다고. 반응이 예상 밖이었다. 친절하게 얘기하는 사람이 아닌데 알아주지 못해 미안하다고 했다. 사과를 한 것이다. 본인은 눈치가 없으니 표현을 해야 알 수 있다고 얘기를 해 달라고 했다. 고마웠고 속이 후련했다. 표현해 보려는 용기는 어디서 나온 걸까? 나이가 들어서? 홧김에? 아니다. 감정 관리를 꾸준히 하면서 내면이 단단해지고 있는 것이다.

종종 생각이 많고 마음가짐이 흐트러지거나 의지가 약해지는 순간이 있다. 필사를 하면서 몰입과 힐링의 시간을 갖고 있다. 필사는 말 그대로 베끼어 쓰는 것이다. 글을 따라 쓰는 것에만 집중하다 보면 글씨 쓰는 소리만 들린다. 타닥타닥. 사각사각. 소리를 듣다 보면 복잡한 생각들이 사라진다. 또한 좋은 문장들을 쓰고 소리 내어 읽으면서 마음도 다시 굳건히 하고 의지를 다지게 되는 시간이 된다.

자기계발을 시작하면서 조금씩 발전하게 되었고 사람들을 만나며 좋아하는 일도 하게 되었다. 반면에 사람들과 부딪히는 상황이 생겼고 원치 않는 일을 하게 되는 순간들도 많아졌다. 이런 상황에 맞닥뜨리면 머리가 아프다. 스트레스를 안고 귀가하게 된다. 집에 도착하면 씻고 바로 눕는다. 남편과 아이에게도 방해하지 말아달라고 미리 양해를 구한다. 눈을 감고 집중한다. 귀에서 윙~ 소리가 들린다. 그리고 조용해진다. 가끔 혼자 있는 걸 즐긴다. 사람들과 어울리는 걸 좋아하지만 방해받지 않고 사색하는 시간이 더 좋다. 고요함 속에 들려오는 집안의 작은 소음들. 이 작은 소리에 귀를 기울이면 어느새 진정되어 있는 나로 돌아온다. 스트레스 해소와 에너지 충전을 위한 건강한 쉼이다.

체력이 예전과 다르게 금방 지치고 회복 속도도 느려졌다. 운동의 효과도 예전 같지 않다. 갱년기 이후로 신체의 변화가 눈에 거슬리고 스트레스의 주범이 되었다. 신경 쓰인다. 걷기 운동만으로는 부족했다. 근육을 만들어야 한다. 숙제처럼 헬스장을 가고 있다. 근력운동은 나와의 싸움이다. 너무 힘들어 그만하고 싶은 순간이 매번 찾아온다. 숨 한번 크게 쉬고 기합소리와 함께 횟수를 마무리한다. 마지막으로 러닝머신에서 20분간의 달리기를 하고 나면 운동은 끝이다. 뚝뚝 떨어지는 땀을 보고 있으면 희열이 느껴진다. 거울에 비친 벌게진 얼굴의 나를 보면 스트레스는 사라졌고 개운해 보인다. 헬스장 가는 순간과 운동하는 그 시간은 싫지만 끝난 뒤의 기분 때문에 계속하게 된다.

외부 활동이 많아 힘든 날은 깊은 잠을 못 자거나 다리에 쥐가 나는 경우가 많다. 이런 날은 자기 전 몸과 마음의 긴장을 풀어주는 시간을 갖고 있다. 아로마 오일을 사용하여 나만의 마사지 시간을 갖는다. 샤워를 하고 나온 뒤 오일을 양쪽 발바닥에 한 방울씩 떨어뜨려 발라 주고 종아리, 허벅지, 목덜미도 같이 마사지해 준다. 마사지라기보단 문지르는 개념이다. 잠깐의 문시름이지만 그 효과는 크다. 마사지 하면서 혈액순환이 되어 긴장됐던 몸은 이완이 되고 향으로 마음도 차분해진다. 그날의 온갖 시름은 마사지로 날려버리고 따뜻한 물 한 잔으로 마무리하며 잠자리에 든다. 깨지 않고 푹 잘 수 있는 효과도 있다.

새벽 기상을 했던 1년 동안은 하루에 4시간 정도 잠을 잤다. 잠이 부족하니 예민해지고 체력에 무리가 오는 듯했다. 수면 부족을 잠깐의 낮잠으로 보충해야 했다. 낮잠 시간이 불규칙해서 오히려 밤에 잘 자지 못했다. 지금은 선택적 새벽 기상을 하고 있다. 일에 영향을 미치지 않도록 충분히 쉬면서 관리하고 있다. 최적의 컨디션을 유지하기 위해 충분한 수면을 취해준다.

여전히 나는 잘 참는다. 감정도 스트레스도 함부로 표출하지 않는다. 작은 실수에도 움츠러들고, 상대의 눈치를 보고, 칭찬하는 말에 대응하는 게 어색했던 나였다. 특히, 자신감도 자존감도 부족했었다. 하지만 이젠 해야 할 순간엔 말하고 표현하고 있다. 마음에 담아두지 않도록 목소리를 내고 있다.

돌아보면 아이 덕분에 새벽에 일어나게 되었고 새벽 시간에 자기계발을 시작하게 되었으며 할 수 있는 일을 찾게 되었다. 습관이 하나씩 생겼고 스스로를 챙길 수 있는 내가 되고 있다. 성장하기 위해 배움에 적극적으로 임하고 새로운 일에도 도전하고 시도하고 있다. 물론 감정에 휘둘려 스트레스도 받는다. 걱정하지 않는다. 감정 조절도 할 수 있고 해결할 수 있을 만큼 단단해지고 있기 때문이다. 앞으로도 극복해야 할 많은 난관이 있을 것이다. 조급해하거나 피하지 않을 것이다. 이제는 마음의 여유와 헤쳐 나갈 수 있는 용기가 생겼다. 나를 아끼고 사랑할 줄 알게 되었다. 나는 성장하고 있다.

자기계발의 미학

행복은 내 안에 있다

김은숙

2년째 감사 일기를 쓰면서 사소한 것 모두가 특별해졌다. 맑은 하늘을 볼 수 있는 것만으로도 감사의 마음이 우러나온다. 하루 종일 바빴지만, 휴식하고 내일을 다시 시작할 수 있음에 감사하다. 사랑하는 우리 아이들이 건강하게 하루를 보냈음에 감사하다. 감사의 마음을 가질 때 평범한 일상이 가치 있는 일로 바뀜을 경험하고 있다. 감사 일기를 쓰기 전에는 남편의 생활 태도가 맘에 들지 않았다. 이불을 접어놓지 않은 것도. 옷을 옷걸이에 걸지 않은 것도. 식사하고 그릇을 개수대에 넣지 않는 것도. 셀 수 없이 수많은 것들에 불만이 있었다. 사소한 것에도 신경이 예민했다. 넓은 집으로 이사 갔다고 좋아하는 동생. 생일선물로 자동차를 받았다고 자랑하는 친구. 나는 어쩜 이렇게 나아질 기미가 보이지 않는 건지. 남들과 비교하며 나를 괴롭히고 있었다. 이 현실을 바꿀 수 없다면 마음의 변화가 필요하다고 생각했다. 몸이 약해지면 영양제를 맞듯 마음의 영양제를 맞아야겠다는 생각이 들었다. 인생이 해석이라는데, 생각만 전환해도 시선이 달라지기 시작한다. 아무리 좋은 것이라도 혼자 하는 건 지속 가능하지 않다. 꾸준하게 하고 싶어 감사 챌린지에 참여하게 되었다. 커뮤니티에서 좋은 분들과 함께하니 훨씬 좋았다. 서로의 감사를 보며 배울 수 있었고 서로에게 좋은 영향력을 줄 수 있었기 때문이다. 사소한 일에도 감사하다 보니 무엇이든 더 나누어 주고 싶은 좋은 마음이 생겼다. 안 좋은 일이 생겨도 생각해 보면 감사할 부분이 보였다. 감사 일기로 인해 내 안에 사랑이 더 커지고 있음을 안다. 가족들의 애쓰는 마음을 더 이해하고 지지해 주게 된다. 새롭게 알게 된 감사도 있다. 이루어진 것들에 대한 감사가 아닌 소망을 담은 감사를 확언으로 만들어 가는 것이다. 이 또한 매우 매력적이다. 감사는 행복으로 가는 길이다.

새로운 나를 일깨우는 시간, 바로 명상이다. 요가 시간에 배웠던 명상을 아침 시간에 3분 정도만 하고 있다. 명상에 관한 이야기를 많이 들었지만 직접 하는 것은 처음이다. 들숨에 날숨으로 호흡 정리하며 머리가 맑아지는 기분이었다. 비움. 가벼워짐. 평화로움이다.

나는 하루 중 많은 시간 컴퓨터 작업을 한다. 어깨와 목 부분에 통증이 생겼다. 그래서 요가를 찾게 되었다. 편안하게 누워서 하는 이완의 자세를 경험한다. 바른 자세를 알려주고 잡아주었다. 자세와 호흡을 조절하며 긴장을 풀어주고 새로운 에너지를 부여받는다. 유연성이 없는 내 몸이 약간 부드러워졌다. 내가 혼자 하는 것과는 사뭇 달랐다. 완전한 휴식을 취하는 법을 배운 것이다. 복식호흡을 하며 심신이 안정되었다. 깊은 호흡은 마음을 고요하게 이완해 준다. 얼굴과 몸의 긴장을 풀고 나만의 완전 사유를 느낀다. 요가를 마무리하는 시간에 잠깐 깊은 잠을 자기도 했다. 그 잠깐 사이에 피곤이 풀리기도 했다. 목과 어깨허리 통증은 잘못된 생활 습관으로 형성된 것이다. 한 자세에서 오래 머무는 습관에서 오는 거라는 걸 알게 되었다. 자세를 잡고 몸의 피로를 풀고 재생시키고 재활하는 시간이었다.

요가를 마치고 집으로 돌아올 때는 숲길을 걷는다. 푸른 잎이 우거진 나무들을 보며 걷는다. 자연의 숲속에서 심신이 회복된다. 나를 사랑하는 마음으로 걸으며 하루를 마무리한다. 몸의 건강은 마음과 연결되어 있으니, 내면의 소리에도 귀 기울여야 한다. 그러면 복잡한 감정이 사라진다. 걷기는 즐거운 일상을 만들어 준다.

내가 가입한 〈북향기〉 독서 모임에서 책을 통해 또 하나의 세상을 만났다. 다자이 오사무의 《인간 실격》을 읽으며 서로 인상적인 문장을 밴드에 올렸다. 수진 선생님은 "《인간 실격》 책 표지가 28세에 요절한 화가 에곤 쉴레가 그린 그림인데, 요절한 사람 중에는 천재적 기질을 가진 사람이 많은 것 같아요. 다자이 오사무도 그런 기질이 있네요. 인간의 삶을 도무지 이해할 수 없어요. 책을 읽는 내내 느껴지는 뉘앙스가 인간의 틀에서 살짝 한발 비켜있는 듯

해요."라고 말하자 현수 선생님은 "나도 인간이라고 할 수 있을까? 라고, 묻는 듯 자조적인 느낌이 난다고 할까요? 많이 해 본 고민이고 지금도 가끔 하게 됩니다." 미정 선생님의 이야기도 올라왔다.

"인간은 무엇으로 정의내릴 수 있을까요? 가면을 쓴 인격을 뜻하는 페르소나가 떠올라요. 주인공 못지않게 직장에서 학교에서 가정에서 치열하게 사는 우리의 삶도 마찬가지라고 생각해요. 인생은 자기를 표현하는 과정이고 나한테 없는 것을 발견하고 실행하면서 살면 그것이 좋은 삶이 아닐까요? 그리고 저는 스마일 마스크 증후군이 있어요. 때때로 가식적인 웃음을 짓기도 해요."

같은 책을 읽고도 이렇게 생각이 서로 다름을 알게 되기도 나만의 색을 찾기도 한다. 나는 이 한 문장이 맘에 담겼다.

"이제 내겐 행복도 불행도 없습니다. 그저 모든 것은 스쳐 지나갑니다."

일상을 가벼운 마음으로 바라보게 된다. 욕심도 비우게 된다. 나는 이런 주인공 내면의 속삭임이 마음에 든다. 삶이 힘들거나 흔들릴 때 이 책은 나를 잡아준다. 위로도 받는다. 그래서 《인간 실격》은 많은 사람에게 울림이 되나 보다. 오래도록 깊은 생명력을 가지는 것도. 마치 고흐의 그림이 사랑받듯이. 나는 책을 통해 감정이 정화된다. 책에 담긴 내용과 다른 측면의 비판적 사고를 갖게 되고 견해를 넓히게 되었다. 살다 보면 잔뜩 흐린 날도 있고 맑은 날도 있다. 밀물과 썰물을 자연스럽게 받아들이고. 거기서 또 다른 책과 함께 견디고 버텨낸 시간 끝엔 틀림없이 희망찬 내일이 보인다.

감사 일기는 예민한 나의 감정을 치료해 주는 특효약이었다. 바쁘고 힘든 순간들을 붙들어 주는 것은 감사하는 마음이다. 안정과 평화를 주는 명상과 요가와 걷기를 하며 삶의 원동력이 되었다. 책을 읽으면서 얻는 지혜는 내 마음근육을 단단하게 해 준다. 사소하고 평범한 일상을 행동으로 옮길 때 행복은 내 안에 있다. 좋은 것들도 혼자 지속하기는 어렵다. 의지가 나약한 나를 이끌어 주는 것은 좋은 커뮤니티이다. 꼭 해야 하는 중요한 일이라면 행동으로 옮기고 루틴을 만드는 것이다. 내가 중요하게 생각하는 것은 일단 그냥 시작하는 것이다. 목표도 되도록 작게 가볍게 해서 시작의 부담을 줄여본다. 하다 보면 생각보다 조금 더 하게 될 때가 많아진다. 작은 목표를 이루면 성취감을 느끼면서 도미노처럼 다른 성공들이 자연스럽게 따라오며 강해진다.

오늘 나는 이 순간에 집중한다.

나는 행동하는 사람이다

김태경

   나는 행동하는 사람이다. 올해 내 다이어리 앞표지에 포일 캘리로 새겼다. 생각하는 데서 그치지 말고 행동으로 실천하는 사람으로 한 해를 살고 싶다. 다이어리는 책상 위에 펼쳐놓고 수시로 보게 되니까 다짐을 적어놓기에 딱 제격이다. 느슨한 마음이 들었다가도 금세 마음을 다잡을 수 있기 때문이다. 매년 12월이면 다음해 다이어리를 준비한다. 다음 한 해를 어떤 마음가짐으로 살고 싶은지 고민한다. 문장이 결정되면 가장 잘 볼 수 있는 곳에 적는다. 지난해 다이어리 표지에는 나는 무엇이든 할 수 있는 용기가 있다고 적었다. 그래서인지 새로운 도전을 많이 했다. 내성적이고 수줍음 많은 내가 도저히 할 수 없을 거라 여겼었고 생각지도 않았던 스피치를 배웠다. 힘 있고 자신감 있는 목소리를 갖고 싶어서 보이스도 배웠다. 그 결과 스피치 지도사 자격증도 취득했다.

라이팅 코치도 되었다. 그리고 올해 행동으로 실천했기 때문에 스피치 수업을 개강했다.

　자기계발을 하면서 자신감이 생겼다. 자기계발을 시작하기 전 내가 많이 했던 말은 "나는 그런 거 못 해."다. 스스로 해 보기도 전에 못 하는 사람으로 규정지었다. 아이들이 유치원 다닐 때 연말이 되면 재롱잔치를 한다. 얼마나 많이 연습했는지 동작하나 틀리지 않고 잘도 한다. 초등학교 운동회가 떠올랐다. 한 달 전부터 수업이 끝난 후 매일 운동장에 모여서 부채춤을 얼마나 연습했던지. 그 생각을 하니 아이들이 대견하면서도 안쓰러웠다. 모든 순서가 끝나고 아이들 손을 잡고 공연장을 나오고 있을 때다. 이벤트 사회자가 나에게 "어머니 오늘 우리 아이들 예쁜 모습 보니까 어떠셨나요?" 하며 마이크를 대주었다. 무슨 말을 해야 할지 몰랐다. 마이크를 보니 아무 생각도 나지 않았다. 그래서 "아, 저는 못 하겠어요."라고 말하고 얼른 그 자리에서 나왔다. 아이들이 초등학교 다닐 때 학기 초에 학부모 회의에 가면 운영진을 뽑는다. 나는 무조건 맨 뒷자리에 앉았고 아무 책임도 맡지 않았다. 그저 있는 듯 없는 듯 조용했다. 해 보지 않으니 할 수 있는 것도 없었다. 집에서도 밖에서도 매번 남편한테 의지했다.

　남편은 해결사다. 집안에서 일어나는 크고 작은 문제들은 남편이 해결했다. 아이들도 곤란한 일이 생기면 아빠부터 찾았다. 부천에서 몇 년 살 때 우리 집은 아파트 1층이었다. 어느 날 퇴근하는 나를 경비 아저씨가 불렀다.

"사모님, 사모님 집 강아지가 하도 짖어서 민원이 들어와요. 조심 좀 시켜 주세요!"

"어머! 죄송해요! 여름이라 문을 열어놔서 그런가 봐요. 더운데 문을 닫아놓을 수도 없고 걱정이네요. 어쨌든 방법을 찾아봐야죠. 제가 조심시킬게요."

그 후로도 우리가 출근하고 집에 아무도 없을 때 쫑이가 목청껏 짖었나 보다. 경비 아저씨의 주의가 몇 번 있고 난 뒤 관리소장님이 직접 인터폰으로 연락을 해왔다. 잠시 후 수화기를 들고 있던 남편이 말했다.

"지금까지 말 안 하고 참고 있었는데요. 제가 야간 근무하고 아침에 퇴근하면 잠을 자야 합니다."

"그런데 아줌마들 왜 우리 집 앞에 모이냐고요. 시끄러워서 잠을 잘 수가 없어요."

"아니 모르는 사람들이 집 앞에 와서 떠드는데 개가 짖는 게 당연하지. 그냥 쳐다만 보고 있겠어요."

"그리고 엘리베이터 앞에서 왜 떠들어요. 개만 조용히 하라고 하지 말고 사람들부터 조심시키세요."

얼굴이 벌게져서 숨도 안 쉬고 말하더니 인터폰을 세게 내려놓았다. 나와 우리 아이들은 남편을 쳐다보면서 입을 다물지 못했다. 그다음 날부터 우리 집 앞에서 아줌마들은 사라졌고 엘리베이터 앞에서 떠드는 사람도 없었다. 우리 쫑이도 조용해졌다.

나는 즉흥 스피치를 잘하고 싶었다. 무슨 방법이 없을까 고민했다. 일기를 쓸 때나 강의 후기를 쓸 때도 스토리텔링으로 써 보려 했다. 책을 읽다가 좋은 문장이 있으면 내 경험을 기억해 내서 스토리텔링으로 써보기도 했다. 스토리텔링은 쉽게 익숙해지지 않았다. 그래서 다른 사람들과 함께해볼까? 생각했다. 책을 읽고 좋은 문장을 가져와 내 경험을 글로 쓰고 발표를 해 보는 건 어떨까? 책도 읽고 글도 쓰고 발표도 해 보면 일석삼조다. 세 마리 토끼를 한 번에 잡을 수 있는 좋은 방법이다. 지역 방에 회원 모집 글을 올렸더니 여섯 명이 모였다. 우리는 매주 목요일 새벽 다섯 시 반에 모였다. 써온 글을 발표하고 서로 공감되는 부분 이야기도 하고 질문도 했다. 다른 사람들이 써온 글을 발표하는 모습을 보고 배우기도 한다. 한 주 한 주 지나면서 우리는 가랑비에 옷 젖듯이 조금씩 성장하고 있었다.

자기계발을 하면서 리더십이 생겼다. 지역방 리더가 되었을 때 못한다고 하지 않고 무조건 받아들이고 시작했다. 처음엔 어떻게 해야 할지 막막했다. 단톡방에서 서로 대화만 오가며 한두 달이 지났다. 한 회원이 "우리 오프 모임 한 번 해요!"라고 했다. 그렇게 한 번 두 번 모이면서 정기 모임이 만들어졌다. 사람들이 원하는 것을 하나둘씩 들어주면서 지금까지 잘 유지하고 있다. 내가 못하는 것은 다른 회원한테 도움을 요청하면 해결되었다. 함께하는 힘으로 캠핑도 하러 갔다. 등산도 갔다. 결혼하고 20년 만에 대학로에 가서 연극 ≪옥탑방 고양이≫도 봤다. 일본 후지산도 가려고 예약해 놓았다. 서울과 경기 둘레길도 걷는다. 나는 깨달았다. 커뮤니티는 리더 한 사람 능력으로 만들어지는 것이 아니라 함께 하는 사람들이 만들어준다는 것을.

자존감이 높아지려면 나의 단점을 인정하고 받아들여야 한다. 수줍음 많고 부끄럼 많은 내가 리더십과 자신감 있는 사람이 되었다. 다른 사람들 앞에 설 용기도 못 내던 내가 이제는 말할 수 있게 되었다. 자기계발하고 있는 사람들이 모여 있는 지역 방 리더가 되었다. 독서 모임의 리더로도 활동하고 있다. 스피치 강사가 되어 발표 불안이 있는 사람들을 가르쳐 주고 있다. 라이팅 코치도 되었다. 앞으로 지금껏 살아온 기간만큼 더 살아내야 한다. 그 세월을 품격 있게 살고 싶다. 늦었다고 생각하지 않는다. 나는 오늘도 배우며 성장하고 있으니까. 생각한 것을 행동으로 실천하는 사람이 되었으니까.

조연에서 주연으로

손청희

남편은 독불장군이었다. 퇴근한 남편을 보자마자 "오늘 민이가 혼자 뒤집었어." "엄마 소리도 했어. 분명히 엄마라고 했어." 나는 신기한 것을 발견한 양 흥분해서 말했다. "조용히 해. 뭘 그리 호들 갑이야. 뭔 중요한 얘기라고." 별거 아니라는 듯 한심한 눈으로 나를 쳐다봤다. 이게 조용히 할 일이야, 호들갑이라고? 머쓱한 반응에 할 말을 잃었다.

"여보, 아가씨 결혼 준비로 어머님이 오실 수가 없으시대요. 어쩌지." "그런 걸 뭘 물어. 알아서 해. 집안일 구구절절 말하지 말라고." 딱 잘라 말했다. 집안의 대소사를 시시하다고 했다. 별것 아니라고 했다. 오로지 자기가 하는 일만 우선이고 최선이었다. 다른 건 전혀 관심이 없었다. 결혼은 미친 짓이라고 했던가? 머릿속에

빨간불과 파란불이 수시로 켜졌다.

남편과는 성향이 달랐다. 나도 모르게 콧노래를 흥얼거릴 때가 많았다. 몸에 밴 습관이었다. 그럴 때마다 꼭 남편이 조용히 하라고 했다. 시끄럽다고 했다. 지적을 받을 때마다 흠칫 놀랐다. 또 그랬구나, 그때야 알아차리고서는 입을 다물었다. 점점 할 말이 없었다. 노랫소리가 싫다니 정말 사람은 이렇게 다르구나. 콧노래를 참느라 흰머리가 늘어났다.

말로 힘으로 요령으로 통하지 않을 것 같았다. 며칠을 벼르고 별러서 남편한테 편지를 썼다. 불편한 점, 서운한 점, 고쳤으면 하는 점을 요목조목 적어 용기를 내어 건넸다. 아뿔싸, 편지는 빨간 볼펜으로 국어시험 채점지가 되어 돌아왔다. 천둥 번개를 동반해서. 내 생각이 비집고 들어갈 틈은 어디에도 없었다. 무조건 나를 따르라는 메시지가 전부였다. 뭘 바라? 바란 내가 잘못이지. 뭐 그래도 내 마음을 전달한 것은 잘했어. 그것으로 만족해야만 했다.

남편이 잘 때면 까치발로 다녀야 했고, 집에 있을 때는 설거지도 하면 안 되고, 집안일 무엇 하나도 할 수 없었다. 리모컨은 항상 제 자리에 있어야 하고, 책상 위에 헝클어진 책들도 가만 그대로 놔둬야 옳은 것이었다. 이건 독재야. 북한에만 있는 것이 아니라 우리 집에도 있었다.

명절 전날, 관악산을 오르고 있는 난 소스라치게 놀랐다. 어, 이게 아닌데? 볼 일 있어 나왔다가 갑자기 산이라니? 시댁에 가서 전

자기계발의 미학

부치고 음식 해야 하는데. 어머님 혼자 하고 계실 텐데. 이러고 있어도 되나 영 불편했다. 종갓집에서 자라온 나에게 낯선 일이었다. 가야 한다고 해도 괜찮다며 말을 안 듣는다. 이제 음식 하지 말라고 했다. 누가 먹지도 않은데 왜 힘들게 하느냐며 오히려 역정을 냈다. 시어머님은 음식 장만히는 게 큰 즐거움이었다. 동생들 오면 맛있게 먹인다고 정성을 기울였다. 하지만 남편은 만두 하지 마라. 송편 만들지 마라. 사 먹어라. 이 반찬은 하지 마라. 저 음식은 그만해라. 잔소리했다. 참지 못한 어머님께서 한 말씀 하셨다.

"너만 입이냐, 먹기 싫으면 안 먹으면 되지. 뭘 하라 마라냐."

남편은 쉽사리 자기의 뜻을 굽히지 않았다. 가족들이 다 모이면 열여섯 명 정도 된다. 나는 이보다 더 많은 가족 속에서 살았다. 익숙해서인지 재밌고 늘 기다려졌다. 고스톱으로 시작해서 윷놀이까지 왁자지껄 하하 호호 날밤을 새웠다. 목소리 제일 큰 사람은 큰며느리인 나였다. 여기서 소리 안 내면 어디서 내 보랴. 남편은 집에서 북적거리는 게 싫다고 했다. 아버님 어머님과 남겨두고 동생들을 모두 데리고 당구장으로, 볼링장으로, 극장으로 다녔다. 그것도 힘들었는지 급기야는 혼자 사라졌다. 나와 어머님은 이해할 수 없는 남편의 행동에 두 손 두 발 다 들었다.

1990년도 초, 동경에서 2년 6개월 살았다. 남편 직장의 연수 시절이었다. 모든 게 낯설었다. 말 익히는 게 급선무였다. 아이 둘을 보육원에 보내고 나면 시간이 많았다. 남편 학교에서 일본어를 무료로 가르친다는 소문을 듣고 갔다. 본인은 물론 가족을 위한 배려였던 것 같다. 나이는 좀 있어 보였지만 친절한 여자 선생님이셨다. 목소리에는 힘이 있고, 인상이 좋아 보였다. 한 사람 한 사람 눈을 똑바로 쳐다보고 입 모양을 바라보라면서 천천히 말하는 연습을 시켰다. 자기소개 시간이 어떻게 지나는 줄도 모르게 훌쩍 지나갔다. 최고라는 학교 캠퍼스를 구경하니 좋았다. 오랜만에 학생이 된 것 같은 기분은 더욱 좋았다. 1년은 그렇게 지낼 줄 알았다. 거기서 회화 위주로 말할 수 있는 것을 배운다고 했다. 대부분 각자 더 공부해서 일본어 1급 자격시험을 목표를 한다고 했다. 한국에 돌아와서 취직을 위해서란다. 남편은 못마땅해했다.

"말만 배우면 되지 굳이 학교를 뭐 하러 다녀. 자격증 따도 한국 가서 제대로 써먹는 사람 하나도 못 봤다. 사람과 직접 부딪치는 알바가 훨씬 말 배우는 데는 빨라."

남편의 설득에 결국은 학교를 포기하고 일을 했다. 내 뜻대로 내 맘대로 할 수 있는 건 거기에도 없었다. 〈인형의 집〉 노라 만큼 용기가 있었다면 혼자 서울행 비행기를 탔을 것이다.

맥도날드에서 아르바이트를 시작했다. 제일 쉽게 할 수 있는 일이었다. 한국 엄마 4~5명, 일본인 주부 3~4명. 그 외는 대부분 남녀 학생이었다. 나름 재밌게 지냈다. 일본어 실력은 늘지 않았다. 정작 나의 말하기 선생은 우리 아이들이었다.

남편은 이제 종이호랑이가 되었다. 절대 흐트러지지 않을 것 같았던 거대한 성은 모래성처럼 무너졌다. 세월, 호르몬, 건강, 나이, 시대 탓이다. 경주마처럼 달려온 자신이 이제는 옆이 조금은 보이나 보다. 어머님의 반찬이 먹고 싶어서일까 그리워서일까 후회한다. 한 치 앞을 모르는 어리석음 어쩌랴. 징수기 억지로 철수시킨 것도 미안하다 했다. 집 리모델링할 때 안방 화장실만 놔두고 하라고 한 것 잘못했다고 했다. 깨진 유리창 빨리 갈지 않는다고 재촉한 것도 이해한다고 했다. 사람들은 날 보고 물이니 로봇이니 리모컨이니 비서냐 하인이냐고 놀렸던 시절이 있었다. 지금 와서 보니 세상은 내 편이었다.

자기계발을 하면서 나도 할 수 있다는 자신감이 생겼다. 공부하는 내 모습이 좋아 보였는지 예전과 다르게 남편이 나를 대하는 태도가 달라졌다. 내 시간을 존중해 준다는 것과 내가 보는 책을 이제는 버리지 않는다는 것이다.

공부는 지금도 늦지 않았다. 어쩌면 지금부터가 진짜일지 모른다. 인생 시간표가 하루의 시간을 가르쳐 준다면, 나의 시간은 따스한 온기가 사라진 저녁이란다. 예전에는 주어지는 시간을 받아들이기만 했다면, 지금은 따뜻한 햇볕이 잘 드는 곳으로 옮기면 된다는 것을 알았다. 좀 어눌하고 늦으면 어떠랴. 내가 좋아하는 곳으로 가면 된다는 것을. 의미 있는 삶을 살아가기 위해 배운다는 것은 축복이다. 여태까지 조연으로 살았다면 지금부터는 주연으로 살 것이다. 나를 사랑한다면 자기계발은 계속되어야 한다.

내 눈물은 조급증 때문이었어

신승희

눈물샘을 막을 수 있다면 수술이라도 하고 싶다. 이 말을 했더니 이웃 엄마들은 크게 놀랐다. 여러 사람을 만나거나 낯선 자리에 가는 일이 즐겁지 않다. 시도 때도 없이 눈물이 나와서다. 오랫동안 인연을 이어가고 싶은 사람들에게는 고백했다. 슬플 때는 당연하고 이유도 모르는 눈물이 자꾸만 나온다고. 그래서 예전에는 새로운 관계를 맺지 않았었다. 울컥하는 모습을 보이기 싫었고 매번 나도 모르는 감정을 설명하기 어려웠기 때문이다. 아이를 키울 땐 산후우울증으로 오해를 받기도 했다. 가족이 기댈 수 있는 보호자가 되려면 내 마음의 단단함이 있어야 한다. 나를 채워주는 책들을 읽다 보니 자연스럽게 심리 치유서들을 읽게 되었다. 내 마음을 다스리니 눈물을 흘리는 일이 줄어들기 시작했다. 루이스 헤이의 ≪하루 한 장 마음 챙김 긍정 확언 필사집≫을 낭독하던 중 "나

자기계발의 미학

자신을 사랑하고 받아들이면 다른 사람도 쉽게 사랑할 수 있다." 라는 문장을 보았다. 나 자신을 사랑하고 받아들인다는 말은 두려워하거나 움츠러드는 나를 위로해 주었다. 괜찮다고 격려해 주었다. 그렇게 눈물 많은 나를 이해하고 사랑할 수 있게 되었다.

시작하기까지 오래 걸리는 나. 실력을 갖추는 시간을 충분히 가져야 하는데 덜컥 공방을 오픈했다. 남편의 퇴직금이 들어왔고 집과 가까운 곳에 최적의 상가가 눈에 띄었다. 육아와 일을 함께할 수 있는 좋은 기회가 왔다. 공방이 차려지니 초반에 수업과 상품 문의가 많았다. 준비된 실력이 멋진 공방을 따라가지 못하니 수락할 수 있는 일은 적었다. 너무 빨리 공방을 냈다. 가르치기보다 배울 것이 더 많은 나였기에 두 가지를 준비하니 매일 시간이 부족했다. 처음이 어떠했든 공방 대표가 되었으니 가족들의 버팀목이 되기 위해 시작한 이 일을 반드시 해내야 했다. 노력의 시간이 채워지면서 수업을 진행할 수 있는 능력이 갖춰졌다.

붓펜수채화 캘리그라피 수업을 진행하면서 디지털 캘리그라피 전문가 과정에도 도전했다. 디지털 캘리그라피는 아이패드로 그림을 그리고 글씨를 쓴다. 수업 중에 그린 카네이션 수채화가 실제 사진인 줄 알았다는 평가에 자신감이 생겼다. 그림을 활용해 볼까. 판매도 해볼까. 실기 과정은 떡메모지를 제작해 보고 실물 사진을 첨부하는 것까지다. 아이패드로 그린 카네이션 수채화를 메모지로 제작했다. 실제 붓으로 그렸던 수채화도 디지털로 전환 시켰다. 총 세 가지 그림으로 된 수채화 떡메모지로 제작해서 온라인 스토어에 등록했다. 며칠 후 스마트스토어에서 주문이 들어왔다. 어린이집에서 어버이날을 맞아 주문을 했으나 재고가 부족했다. 사람들에게 공방을 홍보하며 초기 제작 수량을 전부 나눠주고 없었던 터다. 추가로 인쇄 주문을 넣으면 고객이 원하는 날짜에 발송해 줄 수 없다. 어쩔 수 없이 떡메모지를 가지고 있는 이웃 엄마들에게 연락해 카네이션 수채화 메모지만 돌려받았다. 뜯어서 이미 사용 중이란 말도, 아직 뜯지 않고 있어 다행이라는 말도 반가웠다. 스마트스토어에서 주문이 들어오다니 신기하기도 하고 뿌듯하기도 했다. 교회에서 홍보용으로 나눠줄 용도로 제작이 가능하냐는 메모지 상담도 이어졌다. 새롭게 올려두었던 액자와 머그컵 주문도 들어오기 시작했다. 수업을 받으며 만들어 놓은 상품들을 스마트스토어에 등록하니 판매까지 계속 이어졌다. 완벽해야지 실행하는 것이 아니라 실행해야 완벽해지는 것임을 깨달았다.

조급함은 나쁜 말이 아니다. 나에겐 행동하게 하는 명령어다. 내게 온 또 하나의 기회를 잡을 수 있게 했다. 캘리그라피 국제행사에 첫 도전을 했다. 하루 행사도 버거운데 3일을 해야 한다. 천여 명의 참여자들을 응대할 수 있을까. 동료 작가들과의 협업이라니. 어렵겠다는 생각이 먼저 들었지만 꼭 해봐야 더 성장할 수 있을 것 같았다. 빨리 잘하고 싶은 조급함을 인정하기로 했다. 행사 전에 호스피스와 완화의료가 낯설어서 도서관에서 책을 빌려와 공부했다. 호스피스는 죽음에 가까운 환자들이 편안하고 인간답게 죽음을 맞이하도록 돕는 병원이자 사람을 뜻한다. 완화의료는 그런 죽음에 임박한 환자, 오랜 기간 치료를 받는 환자와 가족들에게 행해지는 신체와 정신적 의료 행위를 말한다. 미리 행사의 내용을 알아보고 가니 만날 참여자들에 대한 감사의 마음과 기대감이 커졌다. 드디어 제15차 〈APHC(아시아 태평양 호스피스 완화의료 학술대회)〉가 한국 송도 컨벤시아에서 열렸다. 27개국 1,300여 명이 방문을 했다. 나흘간 진행되는 일정 중 삼 일 동안 학술대회 방문자들에게 한글 이름을 써 주는 프로그램이었다. 호스피스 병동에서 근무하는 의사, 간호사 혹은 공부하는 학생들이 방문을 했다. 방문자들 한 사람 한 사람의 이름을 엽서에 한글로 썼다. 요청에 따라 응원 문구를 써주기도 했다. 한 번은 핸드폰을 두고 왔다며 테이블 앞에서 서성이는 방문자가 있었다. 고국으로 돌아가면 동료나 환자들에게 의미 있는 선물을 하고 싶다며 캘리를 부탁했다. 스물한 명의 이름을 소리가 들리는 대로 캘리그라피로 정성껏 써주었다. 사진으로도 남기고 싶다 해서 내 스마트폰으로 촬영 후 그녀의 메일로 보내주었다. 행사하는 기간 동안 매일 와서 반갑게 인사를 했다. 일정이 끝나는 날은 동료들과 점심 먹으러 다녀오니 테이블에 내 이름을 담은 감사 카드가 놓여 있었다.

Thank you seunghee ♡ the philippines.

나는 종이에 이름만 적어줬다고 생각했는데 마음이 같이 전해졌다. 잠시 카드를 내려다보며 책상 위를 살폈다. 함께 놓여 있던

2025년 APHC 개최국을 알리는 말레이시아 안내 기념품과 참가국들의 과자도 보인다. 우리가 주고받은 건 서로의 안부를 염원하는 사랑이었다.

　이제 내게 눈물은 신호다. 내 감정을 조금 더 솔직하게 들여다보라는 메시지다. 내가 하고 싶은 일을 찾아 실천하면 어느 쪽으로든 결과가 나온다. 그 결과를 대하는 자세가 중요하다. 부정의 말도 긍정으로 만들 수 있었던 힘은 어떤 도움을 더 주고 싶은가 생각할 때였다. 불쑥 떨어지는 눈물이 창피해서 사람들과의 관계를 소홀히 했다면, 능력이 부족하다고 거절만 했다면, 지금처럼 성장하지 못했을 것이다. 빨리 피드백을 받고 싶은 조급증이 스마트스토어에서 구매로 연결될 수 있었다. 큰 행사에도 참석할 수 있었다. 완벽을 내려놓으니 기회가 생겼다. 용기를 내어 기회를 잡을 수 있었다. 단점이라 생각했던 조급함이 실행력을 키워주고 자신감과 실력까지 향상시켰다. 자존감이 올라간 나는 다른 사람들한테 내 감정을 잘 표현할 수 있게 되었다. 자연스럽게 눈물을 흘리는 일이 줄어들었다. 내가 도전하고 싶은 일에 더 이상 망설이지 않게 되었다.

지킬 박사와 하이드는 늘 살아있다

양은영

　인간 쌈닭이었다. 불평왕이고 논리적 따지기에서 결코 지고 싶지 않은 사람이었다. 삼십 년을 만나 온 친구 셋이 있다. 자칭 미녀 4인방으로 활동하던 1995년의 찬란한 기억이 떠오른다. 청년의 나이가 중년이 되도록 온전히 서로를 바라봐 주는 친구들이다. 그런데 이 금쪽같은 친구들과도 다 싸워봤다. 후회해도 바꿀 수 없는 진실의 과거이다. 내 똥고집에 친구들은 먼저 사과했고 역시 내가 옳았다면서 의기양양 화해의 손을 잡았었다. 너무도 부끄럽다. 화내기 전에 숫자를 세라고 하지 않는가. 세어 보면 안다. 화낼 일이 아니었다는 것을. 화내고 후회한 적이 먹어 치운 밥그릇 수보다 많은 것은 아닐지. 그런 내가 달라지기 시작했다. 의도적으로 애썼다고 해야 할까. 이십 대 후반에 결혼하고 아이를 키우면서 착한 사람 코스프레를 시작했다. 엄마의 화냄과 따짐이 아이들에게 독화

살이 되어 돌아올까 봐 성질대로 하지 못하고 참았다. 베풀수록 후대가 잘 된다는 얘기에 솔깃한 것도 한몫을 차지한다. 엄마의 책임감은 성질머리도 바꿀 수 있을 정도로 강력한 듯하다. 괜찮은 사람인 척, 배려가 많은 사람인 척했는데 주변의 평판이 달라졌다. 사람들은 겉모습에 속아지나 보다 했다. 기질을 배우고 알았다. 까칠한 내가 온순한 척하는 줄 알았는데 세월 따라 나이가 들어가면서 마음이 성숙해졌다는 것을. 플러스의 천성을 꽃피우고 있다는 것을.

한 번은 남편이 야구부 모임에서 술을 마시다가 택시 기사와 실랑이를 벌이는 청년과 싸움이 났다. 기사님을 도와주겠다고 오지랖을 부리다가 안경 날아가고 패딩 점퍼가 찢기고 코피가 줄줄 났던 사건이었다. 술집 앞으로 데리러 갔을 땐 성난 불씨가 꺼진 상태로 경찰차가 도착해 있었다. 보통의 사람들이면 무슨 일이냐며 흥분해서 난리 날 상황이다. 우선 남편을 한쪽에 대기 시켜놓고 경찰에게 경위를 물었다. 서로 잘못 없다고 펄펄 뛰는 두 남자를 경찰차에 태우고 관하 파출소로 갔다. 가는 동안 경찰 지인에게 이런 사건의 경우 어떻게 처리되는지 물어봤다. 손해 배상 청구가 민사로 진행되어 시간만 길어지니 그냥 화해시키라는 답이었다. 바로 남편을 조곤조곤 설득하고 흥분을 가라앉힌 뒤 경찰관을 통해 둘을 화해시켰다. 조금 전까지 싸우던 두 사람은 해피엔딩으로 끝났다. 누군가는 억울할 수 있으나 행복한 결말이 여운을 남기지 않은 법이다. 남편은 아이들에게 정의의 사도라도 된 듯 신나서 얘

자기계발의 미학

기했다. 철없는 모습에 웃음만 났었다. 만약 서로의 잘못을 따지기로 했다면 지금도 해결됨 없이 불편한 마음이 진행 중일 것이다. 경제적인 손해는 있을지언정 마음 빚을 쌓아두는 것은 더 큰 불이익을 만들어낼 것이니 말이다. 화내서 해결될 거라면 했을 것이다. 흥분을 누르고 최선의 행동을 선택하는 것이 스트레스를 줄이는 방법이 된다.

살면서 화날 일은 참 많다. 화내고 금방 기분 전환이 되면 나쁘지 않다. 화를 냈다가 그 화가 증폭되어서 더 큰 화를 불러올 때가 우리를 힘들게 한다. 얼마 전 숨겨놓은 하이드가 불쑥 튀어나와 버렸다. 아이들 일에는 물불 안 가리게 되는 것이 부모이지 않은가. 막내아들의 훈련 정지 징계가 내려졌다. 야구 시합 전에 더그아웃 밖으로 내처지는 아들을 봤다. 경기 내내 밖에서 벌을 서는 모습을 보고 있자니 걱정과 화가 뒤섞였다. 종료 후 내용을 들어보니 아들은 사건의 피해자였다. 볼을 잡아 뜯겨서 깊은 상처가 있었다. 상처에 약을 바르는 것은 본인의 몫이었다. 어른들은 추궁하기 바빴다. 경기장에 들어가지도 못한 아들은 경기의 패인으로 지목되었다. 선수들 전체에 사과하며 고개를 숙여야 했다. 무엇이 우선시되어야 할까. 앞뒤가 맞는 처사인가. 조목조목 따졌다. 감독님의 권위에 도전하는 학부모가 되어 버렸다. 이후 야구부는 막내아들을 마녀사냥하기 시작했다. 그동안 잘못한 것이 없는지 선수들을 불러서 조사를 했다. 털어서 먼지 안 나는 사람이 있던가. 군사정권 시절도 아닌데 사실 확인도 없이 한 친구의 진술 내용만으로 막내아들은 2주 훈련 정지라는 징계를 받았다. 벌을 주기 위한 죄를 만들어내다니. 전국 체전 예선이 진행되는 중요한 시기였다. 막내아들은 기회를 잃었다. 징계 소식에 펑펑 울던 아들의 모습이 여전히 아프다. 능력 없는 부모라서 더 미안했다. 억울하더라도 이미 벌어진 일에 화를 내지 말고 참았더라면 달라졌을까. 야구를 계속하고 싶다는 아들의 뜻에 따라 끝까지 파헤치고 싶은 마음을 접을 수밖에 없었다. 어떤 화가 다시 몰아닥칠지 모르니까. 제대로 지켜주지 못할 바에는 억울해도 벌 받고 그냥 조용히 있어야 했는지 후회의 감정이 들기도 한다. 우리는 지킬 박사와 하이드를 가슴에 품고 산다. 사회적 위치 때문이든, 개인적인 이유에서든 참아내며 산다. 그럼에도 하이드는 불쑥불쑥 소환된다. 억울한 마음에 책을 꺼내 보았다. 가장 객관적으로 조언해 주기 때문이다. 마이너스 기질을 쓰고 있는 것은 아닌지 되돌아봤다. 2주의 징계 시간 동안 이성과 감정의 내면 싸움이 있었다. '지는 것이 이기는 것이리라. 침묵이 이기는 것이리라.' 이 말을 생각하며 누르는 시간을 가져가고 있다. 그러나 여전히 이 사건의 하이드는 꿈틀거리고 있다.

직업 박람회에서 재미로 스트레스 검사를 받은 적이 있다. 스트레스 제로의 평온 상태라는 결과를 얻었다. 쉽게 흥분하지 않고 자극에 대한 반응 역치가 높다는 것이다. 책을 읽으며 좋은 사람으로 거듭나보고자 노력한 지킬 박사 코스프레가 힘을 얻은 느낌이 들었다. 감정 조절을 잘 할 수 있는 사람이었다니. 쌈닭, 하이드가 진짜 내가 아니었나! 환경에 변질된 나였을 수도 있겠구나 싶었다. 마음의 단단함이 멘탈이라고 한다. 멘탈 고수는 자기와의 대화를 잘하는 사람이다. 화난 것을 공감하고 화를 풀기 위한 방법을 찾는 나와의 대화이다. 화로 인해 내가 할 행동의 결과가 무엇일지, 10분 뒤로 나를 가져다 놓고 바라본다면 행동이 조절될 것이다. 미래 관점에서 지금의 나의 상황을 바라보는 것은 마음 단단함의 고수가 되는 길이 아닌가 싶다. 화 안 내려고 노력하는 것은 타인을 위한 과정이 아니라 나를 위한 것이다. 내가 행복해지는 길이 무엇인지를 자주 질문해 보면 어떨까. 고민의 늪에 빠지지 않으려고 애쓰는 것이 스트레스에서 벗어나는 방법이 될 것이다. 한 번에 완성은 없다. 부정을 긍정으로 전환하는 힘이 우리를 자유롭게 한다.

나를 대하는 태도를 바꾸니 관계도 달라졌다

어수혜

아침에 일찍 일어나 나를 위한 시간을 가진 지 팔백일이 훌쩍 넘었다. 여전히 삶은 변수가 많아 예측하기 어렵다. 그래도 조금씩 나은 방향으로 가고 있음을 느낀다. 그래서 예전보다는 덜 불안하다. 내가 보는 것, 읽는 것, 하는 것과 생각하는 방식이 달라졌기 때문이다. 예전에는 인정욕구가 높아 더 잘하라고 나를 채근했다. '네가 그러면 그렇지.'라는 말로 스스로를 깎아내렸다. 시간이 지날수록 그 비난의 표현은 '할 수 있잖아, 한번 해 봐.'로 바뀌었다. 나를 대하는 태도를 바꾸니 더 나아진 내가 보였다.

첫째, 배짱이 생겼다. 하고 싶은 게 생기면 하면 되지, 뭐가 문제냐는 태도를 가지게 되었다. 힘든 상황이 닥쳐도 예전처럼 나를 비난하지 않고 바로 생각에서 빠져나온다. 남보다는 내 안으로 시선

자기계발의 미학

이 향해 있다 보니 부정적인 사람과는 가급적 어울리지 않는다. 남의 시선도 덜 의식하게 되었다. 시도하고 싶은 게 있으면 바로 실행한다. '알프스 호수에서 수영하기'도 그중 하나였다. 작년 유럽 여행 중 우연히 '고사우 호수'에 갔다. 도착해 보니 저녁이 다 되어 호숫가에 사람이 몇 없었다. 남편과 보트를 빌려 타고 호수 가운데로 갔다. 이 고요한 호수에서 수영을 해 보고 싶다는 생각이 간절했다. 보트를 반납하고 산책로 쪽으로 걸으면서 수영할 만한 장소를 찾았다. 아무런 준비도 없었다. 옷을 입은 채 저벅저벅 물속으로 걸었다. 남편은 호숫가에서 불안한 눈으로 지켜보았다. 칠월이었지만 빙하가 녹아 고인 호숫물은 들어가기 겁날 정도로 차가웠다. 조금씩 앞으로 헤엄쳐 호숫가를 벗어났다. 인생 최고의 자유를 느꼈다. 다시 올 수 없는 곳에서 주저하다 나중에 후회하고 싶지 않았다. 하고 싶으면 그냥 해 보면 되는 거였다.

둘째, 새로운 일을 피하지 않게 되었다. 내 특이한 이름은 단번에 검색된다. 그래서 온라인에 내 흔적을 남기지 않으려 했다. 새벽 기상을 하면서 소통을 위해 자연스럽게 블로그와 인스타를 하게 되었다. 나를 드러내는 것에 용기가 났다. 내 생각을 이렇게 책으로 남기는 것도 가능하게 되었다. 2022년 말 시를 읽고 쓰는 독서 모임에 들어갔다. 세 편의 시를 썼을 때 공저 시집을 내자고 했다. 그 당시는 시를 쓸 여유도 없었고, 내 이야기를 사람들한테 드러낸다는 게 겁이 났다. 그래서 못 하겠다고 양해를 구하고 공저에 참여하지 않았다. 몇 달 후 시집이 출간됐다. 온라인에서 작가들의 북토크가 있던 날, 자신의 작품을 담담히 낭독하는 모습에 크게 감동했다. 나도 중도에 포기하지 않았더라면 함께 했을 텐데라는 아쉬움이 들었다. 그래서 올해 책을 내자는 제의에 바로 하겠다고 했다. 이 책 직전에 아이캔유튜브대학에서 ≪2023년, 내 인생의 터닝 포인트≫라는 139페이지짜리 책을 완성했다. 긴 글쓰기 연습의 일환이었다. 정식 편집 과정을 거쳐 책 두 권을 선물 받았다. 책을 쓰면서 후회로 점철된 시간을 돌아보고 일부는 떠나보냈다. 그리고 이번 책으로 또 한 번 내 인생의 전환점을 맞이할 수 있게 되었다.

셋째, 인생을 즐겁게 사는 법을 알았다. 새롭게 생긴 취미는 단연 댄스이다. 일주일에 세 번 댄스학원에 가서 한 시간씩 땀을 흘린다. 처음에는 안무를 전혀 따라 하지 못하고 주춤거렸다. 예전 같으면 못 따라 하는 게 창피하여 금방 그만두었을 텐데 일 년 반째 꾸준히 나가고 있다. 그러다 보니 조금씩 익힌 안무들이 쌓여 즐겁게 출수 있는 곡도 많이 생겼다. 춤을 출 때 제일 좋은 점은 한 시간 동안 다른 생각을 할 틈이 없는 것이다. 음악에 맞춰 정신 없이 따라 하다 보면 시간은 어느새 오십 분이 지나 있다. 이제는 전신 거울 속 내 동작을 볼 여유도 생겼다. 운전할 때 연습곡에 몸을 들썩이며 안무를 떠올리면 자연스레 기분이 좋아진다. 책 ≪미움받을 용기≫에서 다른 이의 인생의 목표가 아닌 나만의 인생의 목표를 정확하게 가지고 춤추듯 찰나를 살라고 했다. 몸치라 동작은 엉성하지만 조금씩 나아지니 이 과정도 즐겁다. 운동을 즐길 건강과 여유가 있음에 감사한다.

넷째, 회사에서 일과 직원들을 대하는 태도도 나아졌다. 아무 일도 안 하면 아무 일도 일어나지 않는다는 것은 회사 생활에 딱 맞는 표현이다. 자기에게 주어진 업무만 하면 실수는 없지만, 발전도 없다. 비난받기 싫어 주춤거리다 이제 다시 해 볼 용기를 냈다. 나에게 부정적이었던 사람들도 퇴사하면서 선임 관리자가 되었다. 그 새 소통도 수월해졌다. 내가 잘할 수 있는 부분에 집중하니 일도 재밌고 후배 양성에 대한 사명감도 느낀다. 아침의 좋은 기운을 장착하고 하루를 가볍게 시작한다. 주변에서 표정이 밝아졌다는 소리를 자주 듣는다. 요즘은 출근할 때 옷차림도 더 신경 쓴다. 내가 한 일이 도움이 되었다는 말을 들으면 보람차다. 이게 바로 내가 좋아하는 일임을 느낀다.

다섯째, 가족과의 관계도 좋아졌다. 큰 아이는 고3, 둘째 아이는 중2. 둘 다 예민한 시기를 겪고 있다. 함께 공부하는 친구들의 아이도 또래가 많다. 아이가 사춘기가 되어 엄마 품을 떠나려 할 때 엄마는 많이 당황하고 서운하다. 요즘은 엄마가 책을 보고 공부를 하니 서로 편해져 위기를 넘길 수 있다며 안도하고 서로에게 위안을 받는다. 예전에는 아이들에게 기대가 커서 잔소리를 많이 했다. 욕심이었다. 늦은 퇴근 후 집에 돌아오면 아침을 먹고 안 치운 그릇은 식탁에 그대로 있고 여기저기 전등은 다 켜져 있으니 화부터 났다. 그래도 감정에 선을 긋고 한 발 뒤에 서니 그럴 수도 있지라고 넘어가게 되었다. 조금 더 독립적으로 아이들을 대한다. 아이들의 선택을 응원하고 내가 할 수 있는 부분에서는 충분히 도우려 한다. 남편도 아이들을 대신 챙겨주며 내가 가는 방향을 지지해 준다. 좋은 책을 읽으면 남편에게도 권하고 관심사도 나누는 시간을 가진다. 가족 모두 따로, 또 같이 지내며 전보다 관계도 좋아졌다.

새벽에 일어나 거실 한편에 있는 독서실 책상 전등을 켠다. 가로 폭 팔십 센티미터의 작은 공간에는 내가 하고 싶은 것들이 빼곡하다. 거기에 읽을 책, 영어 교재, 다이어리, 가계부, 일기장과 캘리그래피 세트, 노트북, 독서대가 있다. 시작부터 쭉 함께해 온 친구들은 매일 아침 줌에서 서로를 반긴다. 은근한 지지를 받으며 하루를 시작한다.

내가 주의를 집중하는 곳, 만나는 사람들이 내 삶이 된다고 한다. 손톱 거스러미에 집중하면 그것만 보이듯 말이다. 하루하루 계획한 일들에 집중하다 보면 모르던 세상을 알게 된다. 평생 공부하는 나를 상상한다. 앞으로는 쉽게 은퇴라는 단어를 쓸 수 없는 시대가 되었고 그 중심에 우리가 서 있다. 예전에 배운 것 하나로 계속 일을 하는 것은 불가능하다는 것을 현장에서 느낀다. 그래서 학습 능력을 키워야 하고 쉬어가는 완급 조절도 필요하다. 제일 중요한 건 내가 무엇을 원하는지 알아채는 것이다. 좋아하는 일로 일상을 채워나가는 것이야말로 행복 그 자체가 아닐까.

자기계발의 미학

앞으로도 이 소중한 시간이 계속되기를, 내가 나를 좀 더 이해하고 보듬어 주기를, 하고 싶은 것과 기대되는 일이 많은 하루가 펼쳐지기를 바란다. 이런 기대로 오늘도 기꺼이 인생 공부를 이어간다.

위대한 힘, 자신과의 약속입니다

이명희

나는 2개월 차 자유시간을 보내고 있습니다. 무엇인가 하고 싶을 때나 하고자 할 때는 자신과 약속을 합니다. 그리고 슬로건으로 손 글씨를 써서 잘 보이는 곳에 둡니다. 그리고 게을러지거나 하기 싫을 때는 자신에게 질문을 합니다. '자신과의 약속도 지키지 못하는 사람이 무엇을 할 수 있겠어.' 책을 쓰기 위해 자신만의 슬로건으로 손 글씨를 썼습니다. '매일 아침 10분 샤워하기! 매일 30분 낭독하기! 매일 30분 산책하기! 매일 1시간 스피치 연습하기! 하는 일에 정성으로 최선을 다하기! 매일 아침 새로운 마음가짐으로 시작하기! 매일 8시간은 출근 코디로 PC와 함께하기!' 자신과 약속을 하고 이렇게 실천을 하고 있습니다.

25년 정도 매일 새벽 샤워를 했던 일이 생각났습니다. 새벽 샤워

자기계발의 미학

는 하루 생활에 많은 도움이 되고 큰 힘이 되었습니다. 매일 하던 새벽 샤워는 명상이 되었고 좋은 아이디어를 떠올리게 했습니다. 몸과 마음도 가볍게 해 주었고 하루의 계획을 세울 수 있도록 해 주었습니다. '샤워 효과, 샤워는 최상층에서 인생 전체를 성장하게 한다. 매일 아침 shower로 삶의 감각을 깨운다.'를 손 글씨로 써서 화장실 문에 붙여 놓았습니다. 독서는 눈으로 읽는 것이 아니라 소리 내어 읽습니다. 책을 30분 읽으면 10페이지 정도를 정독할 수 있습니다. 소리 내서 읽으면 기분이 좋아지고 책 내용이 기억에 오래 남고 뇌가 깨어나는 느낌이 들어 좋습니다. 나름의 새벽 샤워와 소리 내어 책읽기를 슬로건으로 하여 감정 관리도 하고 스트레스도 극복합니다.

집에 있어도 8시간은 출근 코디로 출근 모드로 PC와 함께하고 있습니다. 서재로 출근하는 시간 남다르고 특별한 기분입니다. 마음이 리셋이 됩니다. 집중이 잘 됩니다. 공부가 더 재미있고 글도 잘 써집니다. "엄마, 어떻게 집에서 출근 코디로 출근 모드로 있을 생각을 했어? 이런 생각은 아무나 할 수 있는 건 아닌데." "어머 어머~ 어머." 리 액션이 느껴지는 일본어 공부 친구의 반응이었습니다. K회사 대표님은 "역시이십니다."라고 과찬을 해 주셨습니다. 나는 지금까지 자신과의 약속은 지켜왔고 지키려고 최선을 다해 노력을 합니다. 이 모든 것을 하기 위해서는 7시간 수면하기가 중요하고 필요합니다. 재미있는 정보가 홍수처럼 넘쳐나는 요즘 세상에 재미있는 콘텐츠의 매력을 이겨내고 7시간의 수면을 지키기란 세상 어려운 일입니다. 자신과 싸워서 이겨내야 할 수 있는 큰 과제입니다. 자신과 또 약속을 하고 이겨내고 있습니다. 넘쳐나는 정보 때문에 무의식적으로 필요 없는 쓰레기 같은 정보까지 머리에 담느라 뇌를 혹사하지 말자고 자신과 약속했습니다.

철저한 자기 관리의 소유자인 딸이 제가 이겨내는 데 큰 동기부여가 되고 있습니다. 싱가포르에 거주하고 있어 영상 통화로 얼굴을 보며 일상을 이야기하고 소통하는 딸은 매일 한 시간 이상 운동을 합니다. 늘 영상으로 보는 모습이지만 볼 때마다 감동입니다. 지난번 집에 1개월 정도 같이 있으며 실제로 하는 것을 보았습니다. 노트북으로 운동 영상을 보며 땀을 흠뻑 흘리며 운동하는 모습을 보니 영상으로 보며 느낀 감동과 감탄과는 또 다른 놀라움을 느꼈습니다. '어떻게 혼자서, 그것도 집에서, 땀을 흘리며 운동을 할 수 있을까. 얼마나 노력이 필요했을까.' 노력의 흔적이 보여 더 감동했습니다. 코로나 시기, 밖에 나갈 수 없어 집에서 운동하기 시작한 것이 루틴이 되고 습관이 되었다고 했습니다. 코로나 여파로 2년 만에 귀국한 딸의 탄력 있게 만들어진 몸매를 보고 그때도 크게 놀랐습니다. 이렇게 딸을 보고 배우는 것이 동기부여가 되고 자신과 한 약속의 힘으로 하나하나 실천하며 보내고 있고 글도 이렇게 재미있게 쓰고 있습니다. 자신의 마음을 다잡고 자신감을 갖고 자신과의 약속을 잘 지키며 오늘 해야 하는 일을 하고 있습니다. 모든 성공은 좋은 감정 관리와 스트레스 극복에서 온다는 것을 기억해야 합니다. 긍정의 마음가짐과 동기부여가 되는 자신과의 약속에는 위대한 힘이 있습니다. 오늘도 약속 잘 지키며 잘 살아낸 나에게 셀프 칭찬과 박수를 보내며 '자기 감탄'과 '자기 격려'를 합니다. 큰 성공을 이루기 위해서는 우선은 자신을 이겨내야 합니다. '나는 누구인가.' '진짜 나다운 모습은 어떤 것인가.'에 대해 많이 생각해 보는 요즈음입니다. 자기반성부터 차분하게 했습니다. 그리고 무엇이 문제인지 찾았습니다. 운동을 게을리하고 30분만 하자는 게임을 시작하면 한 시간도 두 시간도 합니다. 하고 나면 시간도 아깝고 유혹을 이겨내지 못한 자신이 싫어집니다. 자신과의 약속을 지키지 못하고 해야 하는 일을 하지 못하면 우울한 마음에 들었습니다. 이런 나를 발견하고 자신과 약속을 또 합니다. '하고 싶은 일' '해야 하는 일' '할 수 있는 일'도 많이 있습니다. 자신과의 약속을 지키기 위해 노력을 합니다. 일본인 상사 본부장님의 말이 머리에서 맴돕니다. 본부장님은 점심을 같이하며 말했습니다. "명희 님은 '마음가짐의 교육자'를 하면 너무 잘 어울릴 것 같아요." 나에게 슈퍼맨 같은 본부장님은 큰 꿈을 심어주었고 혁신을 해야 살아남을 수 있는 지금 세상에 '마음가짐의 교육자'가 되어 회사와 사회에 큰 도움이 되고 필요한 사람이 되자고 생각을 했습니다. 내가 쓴 책을 일본어로 번역을 하여 우리 한국 여성들의 역량을 일본 세상에 알리고 싶은 꿈도 있습니다. 지난 2월 후쿠오카 하카타의 MARUZEN 서점에 들렀습니다. 인생 계획에 큰 도움이 되는 마츠무라 야스오의 만다라차트 책을 구매하며 나의 번역본도 일본 서점에 진열되는 모습을 상상하며 큰 그림을 그려보았습니다. 나의 책이 한국에 있는 M회사 전체 매장을 넘어 전 세계

32개 국가에 있는 1,136개 매장에 나의 책을 전시하여 긍정의 에너지를 전파하고 싶은 야망도 있습니다. 일본에 있는 260개 매장에도 나의 책이 진열되는 그림을 상상하며 즐겁게 이 책을 쓰고 있습니다. 오늘도 바쁘게 최선을 다해 보냈습니다. 지금도 만물이 잠든 고요한 늦은 밤에 즐겁게 행복하게 책을 쓰고 있습니다. 나의 감정 관리, 나의 스트레스 극복은 내가 하고 싶은 일을 마음껏 하게 해줄 것이라 믿습니다. 자신과의 약속으로 많은 것을 이겨내고 지금도 잘 해내고 있는 나에게 아낌없는 칭찬을 해줍니다. 자기 감탄이 없는 지금의 세상입니다. 자신에 대한 놀라움과 발견을 이 세상은 필요로 합니다. "명희 님은 자체가 브랜드입니다."라고 해주는 한 커뮤니티의 멋진 리더님이 있습니다. 자체가 브랜드라는 말은 자주 생각이 나고 새 힘이 납니다. 왜 나를 브랜드라고 했을까. '어떤 면이 브랜드가 될 수 있을까.' '나의 이야기가 브랜드가 될 수 있을까.' '나의 꾸준함이 브랜드가 될 수 있을까' 많은 생각을 해 보게 하는 말입니다. 희망을 주는 말입니다. 죽을 때까지 사랑하는 것은 죽을 때까지 배우는 것이라고 합니다. 죽을 때까지 배우기 위해 죽을 때까지 사랑하자고 오늘도 자신과 약속을 했습니다.

자기계발의 미학

자전거로 전국 여행 다니는 내 별명은 스펀지

이미영

어떤 성격의 소유자일까? 나란 사람은. 외향성과 내향성이 정확히 반반인 것 같은 성격이 참 맘에 든다. 상황에 맞춰 듣고 이해하고 해석하면 되니까 말이다. 어떤 때는 물에 물 탄 듯 어정쩡한 충청도 사람이라고 낙인찍히는 게 싫어 일부러 더 단호해질 때도 있고, 처음 보는 사람이 고향을 물으면 경기도예요 하며 둘러대던 때도 있었다. 지금 생각해 보면 나의 고향에 참 미안한 일을 했다. 하지만 이제는 '충청도예요.'라고 당당히 소개한다.

'인생 뭐 있어.'
'존버 정신으로 버티는 거지.'
'나만 아니면 돼.'
'언제나 처음처럼.'

'천천히 내 속도대로.'

'이 세상 안 되는 것은 없어. 안 할 뿐이지.'

'이 또한 지나가서 예전에 그런 일이 있었지 하며 웃는 시간이 올 거야.'

나열한 문장들은 내 삶의 토대가 되는 키워드이다. 마음이 좋지 않을 때마다 한 문장씩 대비시키며 순간을 넘기곤 한다. 이런 행동이 가능하게 된 것은 한순간이 아니다. 적용했다가 지쳐 원래대로 돌아오고, 그건 글씨야 사람은 할 수 없어, 안 되는 게 왜 없어, 다 안 되는 고만, 하면서 괜히 좋은 글에 화풀이를 했었다. 그럴 때마다 포기하지 않고 조금만 더 노력하자, 지금 받는 스트레스보다 긍정적인 마인드가 나를 위해서는 훨씬 도움이 될 테니까, 하며 스스로를 다독였다. 조금씩 상황이 내 편으로 변하고 쓰는 단어와 생각이 간결해지면서 위기를 잘 넘겼다고 칭찬할 때는 어깨가 으쓱해진다. 작년엔 나만의 다짐 노트를 만들어 같은 내용을 하루도 빠짐없이 썼다. 그 결과 어떤 상황에서든 그 단어들이 생각과 동시에 중얼거리게 되면서 마음의 중심을 잡았다. 긴장되거나 걱정이 앞서는 상황에서도 아무 일 아닌 것처럼 지나가게 된 것이다.

예전 회사 언니가 붙여준 '스펀지'라는 별명이 문득 생각난다. 상사의 어이없는 업무지시와 불합리한 대우를 받을 때에 아주 간결하게 "네." 하며 무심하게 회의 자리를 일어나는 것을 보고 지어준 별명이다. 시간이 흐르고 시부모님께서 초기 치매 증세를 보이시고 아들은 고3이 되는 시기가 있었다. 회사와 집안일에 부모님 건강까지 챙기려니 스트레스가 심해 탈출구가 필요했다. 열심히 동호회를 기웃거리던 중 어릴 적 시골 강둑을 달리던 그 느낌이 생각나 자전거도 없던 나는 카페에 가입했다. 올라오는 라이딩 사진을 보면 나가고 싶었다. 신랑한데 부탁해 저렴한 사선서를 구입했고 타기 시작했다. 안전 장비도 없이 자전거만 있던 나를 카페지기가 전문 매장으로 데려가 이것저것 구매할 수 있도록 도와주었다. 몸에 딱 붙는 옷이 부끄러워 나름의 운동복을 입고 참석했다. 사진을 보니 제대로 갖추지 못한 옷이 더 부끄러웠다. 무엇이든 '답게' 하자던 동호회 리더의 말이 아직도 생생하다. 팔당대교까지 30여 킬로미터를 타고 장거리용이 아님을 그제야 알았다. 바로 팔고 전문가 자전거로 바꾸어 본격적으로 타기 시작하면서 스트레스가 없는 건강한 삶이 시작되었다.

자전거를 타고 전국을 돌다 보니 스트레스를 받을 일은 점점 없어져 갔다. 주초에는 다음 행선지 고민해야 하고 주중에는 준비물 챙겨야 하고 지방일 경우에는 버스, 숙소 예약 등 챙길 것이 많다. 그렇게 주말을 보내면 다시 주초가 된다. 이렇듯 돌아가는 시간은 스트레스에서 완전히 해방시켜 주었고 운동을 하니 몸도 건강해졌다. 언제나 생글생글한 얼굴에 시비를 거는 사람은 아무도 없었다. 물론 가족들도 힘이 넘치는 모습을 보니 보기 좋다며 운동하는 걸 반겨 했다.

휴일 아침 살짝 화나는 일이 있는 날이면 집안일을 마치고 라이딩할 준비를 하고 바쁘게 나간다. 엄마 자전거 타고 동네 한 바퀴 돌고 올게. 찡그린 미간 주름을 들키지 않으려고 빠른 채비를 한다. 어떤 날엔 책과 노트북을 챙겨 도서관으로 향한다. 가는 길은 멀지 않지만, 나무도 보고 아이들 노는 톤 높은 소리도 들리는 산책길 같은 길은 집에서의 일들을 모두 잊게 해 준다. 도서관 책 냄새에 푹 빠져 읽고, 쓰고, 제목도 보고 다음에 읽어야지 하며 메모를 한다. 해가 서산으로 뉘엿뉘엿 지는 시간에 주섬주섬 가방을 챙겨 저녁거리를 사 들고 들어오면 가족들이 안색을 살핀다. 신발을 벗으며 눈이 마주치면 피식 웃어주는 것도 잊지 않는다. 그렇게 아무 일 없던 것처럼 대화를 하면 안도를 하는 가족들 모습이 정겹다. 자전거를 타거나 도서관을 다녀오는 것이 아내의, 엄마의 비타민이구나 하고 느껴 주는 것 같다. 가끔 부재가 있더라도 불평하지 않고 협력자가 되어 주어 참 고마울 뿐이다.

내가 운동을 하지 않았더라면, 책이란 걸 공부란 걸 모르고 살았더라면 50대의 황량한 마음을 어떻게 달랠 수 있었을까? 빈 둥지 증후군이라는 것 때문에 힘들어하는 친구들을 보며 제발 내 품을 떠나주기를 바라는 가끔은 욕심쟁이 엄마이다.

내년엔 자전거로 전국 여행을 하며 본격적으로 글을 써 볼까 하는 즐거운 생각을 한다. 필요한 것은 나만의 스타일대로 채우는 성격도 칭찬한다. 가진 것이 없다고 불평하기 전에 내가 필요한 것을 찾아내는 그런 기질로 만들어 주신 부모님께 감사하다.

"스트레스받으면 어떻게 풀어?"

자기계발의 미학

"요즘은 스트레스받을 일이 없네. 어차피 이래도 저래도 다 내 탓이니까. 언제부턴가 남 탓하는 거 싫더라고. '그럴 수 있어'라든가 '내 몫이려니' 하면 그냥 편해."

그러면 돌아오는 답은 뻔하다.

"그렇게 참고 삭히는 게 더 스트레스겠다."

그냥 피식 웃어 준다. 스트레스를 받는다는 것은 마음의 여백, 서로의 거리가 있어야 하는데 너무 촘촘하게 살다 보니 그런 것 아닐까? 무엇인가 원인 없이 막막한 마음이 든다면 운동, 독서, 글쓰기 중 한 가지만 먼저 해 보라고 권하고 싶다. 제발 그 어떤 것 하나만이라도 꼭. 남을 위해서가 아닌 나를 위해서.

도전은 계속된다

이은경

어려서부터 말수가 적었다. 부모님은 그런 나를 걱정했다. 사회 생활은 할 수 있을지. 그런 느낌을 받았기에 나는 더 내성적이 되고 앞에 나서기를 두려워했다. 남들이 싫어할 행동과 좋아할 행동을 잘 눈치챘다. 상대방의 말투나 행동이 조금이라도 이상하면 느낌으로 알았다. 남들이 나를 싫어하면 어쩌나 하고 걱정을 했기 때문에 항상 조심스럽게 행동했다. 학창 시절에는 친구들과 관계가 틀어질까 봐 걱정했다. 결혼 전에는 친정 부모님께 착한 딸이고 싶었다. 결혼 후에는 좋은 아내, 엄마, 며느리가 되고 싶었다. 한 공간에 생활하면서 시어머니와 좋은 관계를 유지하는 건 쉽지 않았다. 힘든 표현을 하기보다는 입을 다무는 걸 선택했다.

교회에서 유치부 교사 봉사를 하게 되었다. 연말에 아이들 천국

자기계발의 미학

잔치가 있다. 아이들 연극에 내가 합류하여 천사 역을 맡게 되었다. 회사 끝나고 바로 교회에 가서 연극 연습을 했다. 천사는 다섯 명이다. 죄인이 하나님께 죄 사함 받은 순간에 등에 날개를 단 천사들이 나타난다. 기쁨의 순간을 온몸으로 연출해야 했다. 어려서부터 감정 표현을 헤 보지 않았다. 민망한 것도 웃으며 넘겼다. 슬프다고 목 놓아 울어 본 적 없다. 기뻐도 마음껏 표현하지 못했다. 그저 무덤덤했다. 내 성향 때문인지 몸으로 표현하는 것도 기뻐하는 표정을 짓는 것도 어색했다. 자신이 없어서 활짝 웃지 못했다. 일주일에 세 번, 석 달 정도 연습했다. 연습하는 내내 낯설어서 조용히 시키는 것만 했다. 다른 사람들한테 폐를 끼칠까 봐 중간에 그만둘 수 없었다. 연극이 있는 날까지 어렵게 연습했고 천국 잔치를 잘 마칠 수 있었다. 공연이 끝난 후에 교회 학교에서 봉사해달라는 제안을 받았다. 자신은 없었다. 그래도 아이들을 가르치는 선생님이 되면 내 성격도 바뀔 것 같았다. 그래서 해 보겠다 했다. 그다음 주부터 교사 교육을 받기 시작했다. 주말에 교회에 가서 말씀을 들은 후에 한 시간 반 정도 동영상 시청을 했다. 교사의 기본 자질과 성경 내용을 공부했다. 교육을 받으면서 보조 교사를 했다. 교육 기간이 끝나고 본 교사가 되어 아이들한테 성경을 가르쳤다. 질문도 많고 에너지 넘치는 아이들과 생활하다 보니 금세 진이 빠졌다. 아이들과 잘 지내는 방법을 배우고 싶었다. 연말 행사가 끝났을 무렵 방송통신대학교 모집 공고를 보게 되었다. 접수하고 다음 해 3월 교육과에 입학했다. 사람 관계가 어려웠던 나. 앞으로 사 년 동안 아이들의 심리와 발달 과정을 배우게 되면 아이들과 잘 지낼 수 있을 것 같았다.

　출석 수업이 있는 날 학교에 갔다. 동아리 회원을 모집한다고 했다. 낯섦이 많은 나는 강제로라도 동아리에 가입해야 한다고 생각했다. 동아리에 들어갔다. 동아리 회원들은 직장을 다녔기 때문에 모든 과목을 공부하기가 힘들었다. 과목당 한 단락씩 맡아서 공부해 오기로 했다. 낮에는 회사 가고 저녁에 와서 책을 보면서 요약 정리했다. 중요한 부분이라고 생각되는 곳에 빨간색 볼펜으로 밑줄을 그었다. 사람들에게 알려줘야 하기 때문에 꼼꼼하게 봐야 했다. 일주일에 한 번 학교에서 동아리 모임을 했다. 학교 강의실을 빌려서 두 시간 정도 서로 공부해 온 내용을 가르쳐 주기도 하고 배웠다. 질문도 받았다. 낯가림이 심하고 수줍음이 많아서 서로 익숙해지는 데 한참의 시간이 걸렸다. 동아리 회원들과 친해져서 일 년 반 정도 모임을 이어갈 수 있었다.

　심리 수업 시간에 교수님이 다른 사람이 나를 어떻게 보는지 의식하는 사람 있느냐고 질문했다. 강의를 듣는 사람이 꽤 많았는데 반 이상 학생들이 손을 들었다. 다른 사람의 시선을 의식하는 게 나 혼자만의 고민이 아니라는 것을 알게 되었다. 교수님이 질문했을 때 손드는 사람이 의외로 많아서 놀랐다. 동질감이 느껴졌고 위안도 되었다. 내가 정도가 조금 더 심할 뿐이지 이상한 게 아니었다. 타인 의식은 지극히 정상적인 감정이라는 것을 인정하게 되니 사람을 대하는 태도와 말이 편안해졌다.

교회에서 아이들과 관계가 좋아졌다. 심리학을 배우기 전에는 아이들한테 말실수를 할까 봐 조심스러웠다. 이제는 함께 웃고 장난도 칠 수 있게 되었다. 예전에는 아이들의 말을 귀담아듣지 않았다. 그런데 아동 심리를 공부한 후로 아이들이 하는 한 마디 한 마디를 진심으로 듣고 질문도 했다. 나한테 고민을 털어놓기도 했다. 부담스럽고 낯설었던 교회 학교 생활이 즐거워졌다. 아이들을 만나는 날이 기다려지기 시작했다.

타인 의식을 내려놓으니 자신감이 생겼다. 어느 날 출근했더니 지점장님이 나를 불렀다. 주제와 날짜, 시간을 정해서 신입 설계사를 대상으로 교육을 해 보라고 했다. 나는 일단 한 달 후로 날짜를 잡았다. 운전자 보험에 대해서 준비하기로 했다. 책을 보면서 운전자 보험 담보에 대해 공부했다. 모르는 단어를 검색했다. 운전자 보험에 대해 촬영해 놓은 사람들의 유튜브를 보고 따라 했다. 듣다 보니 어떤 내용으로 강의를 해야 할지 알 수 있었다. 운전자 보험이 필요한 이유에 대해 강조하기로 했다. 처음 해 보는 강의였다. 실수할까 봐 두려웠다. 그래서 내가 강의할 내용을 키워드로 적어 놓고 시간 나는 대로 연습했다. 드디어 강의하는 날이 되었다. 심장이 두근거리고 머릿속이 하얘졌다. 안 되는 줄 알면서도 센터장님한테 안 하면 안 되냐고 투정을 부려봤다. 교육실에 들어갔다. 앉아 있는 사람들의 눈이 모두 나를 향해 있었다. 너무 긴장돼서 얼른 끝내고 싶었다. 연습했던 대로 내 소개를 하고 인사했다. 에라 모르겠다. 그냥 말하기 시작했다. 사람들이 내 이야기를 들으면서 고개를 끄덕였다. 메모도 하고 있었다. 고마웠고 안심이 되었다. 나름 잘하고 있는 것 같다는 생각을 하니 떨리지 않았다. 강의를 마친 내게 센터장이 애썼다고 등을 토닥여 주었다. 길고 긴 여정이 끝났고 좋은 경험을 했다.

사람들의 심리에 대해 공부하지 않았다면 어땠을까. 타인을 의식하고 눈치 보느라 자존감이 낮아져 있었을 것이다. 나만의 문제가 아니라는 것을 인정하고 나니 편안해졌다. 방송 통신 대학에 다니는 동안 함께 공부하는 사람들과 좋은 관계를 유지할 수 있었다. 교회 학교에서 아이들의 고민도 들어주고 웃고 농담도 할 수 있었다. 사람들 앞에서 내 지식을 나눠줄 수도 있었다. 계속해서 부족하다고 느끼는 부분들을 채워갈 것이다. 완전히 해결되지 않은 발표 불안도 그중 하나이다. 스피치를 배우고 사람들 앞에 서는 경험을 해 보면서 극복해 보려 한다. 도전하는 삶은 가치 있는 나를 만들어 준다.

　　　　　　　　　　　　　　　　자기계발의 미학

마치는 글

김경아 작가 ～～～～～～～～～～～～～～～～～～

"공저 4월 시작 예정입니다." "죄송합니다. 전 못할 거 같아요. 자신 없어요⋯." 며칠 뒤 리더님의 전화를 받고 공저에 참여했다. "최선을 선택하신 경아 작가님. 기회는 왔을 때 잡아야 빛을 봅니다. 우리 함께 잘해봐요." "감사합니다." 후회할 뻔했다. 나에 대해 쓸 이야기가 없을 줄 알았지만 나는 넘어지고, 일어서고, 걷고, 달리고 있었다. 내 인생을 나를 돌아보는 시간이 되었다. 공저에 참여하지 않았다면 글을 쓰며 알게 된 감정, 소중한 시간들을 놓쳤을 것이다. 웅크린 나를 일으켜준 리더님께 감사의 말을 전한다.

김은숙 작가 〰〰〰〰〰〰〰〰〰〰〰〰〰〰

걷고 읽고 생각하며 소소한 글을 써 보려 합니다. 앞으로 만날지도 모를 그 어떤 위험과 장애물에 대해서조차 미리 용감해지고자 합니다. 내 안에는 반드시 아픔을 이겨 낼 지혜와 인내가 있으니까. 눈에 보이는 것들만 걱정하는 시간은 작게. 눈에 보이지 않는 내면의 삶을 보살피는 일에 더 많은 시간을 두려 합니다. 배움의 씨앗을 뿌리고 비를 기다리고 태양에 감사하는 농부의 겸손한 마음으로 삶을 살아가려 합니다. 책 속에서 빛나는 용기와 가르침을 받으며 꿈을 이루어갑니다.

김태경 작가 〰〰〰〰〰〰〰〰〰〰〰〰〰〰

자기계발의 시작은 마법과 같은 시간이었다. 나에 대한 확신이 부족했다. 머뭇거리다 기회를 놓쳤고 선택의 갈림길에서 망설였다. 주저하지 않는 삶을 살고 싶었다. 불편한 상황에 나를 노출하는 연습을 하기로 했다. 사람들 앞에 서는 것부터 시작했다. '나는 할 수 있다!' 용기를 냈다. 스피치를 배우기 시작했다. 부족한 부분을 채우면서 자존감을 높일 수 있었다. 나의 단점을 인정하고 장점으로 전환하는 과정에서 자신감도 향상되었다. 스피치는 나의 기본 역량을 키우는 데 큰 도움이 되었다.

자기계발의 미학

손청희 작가 〰〰〰〰〰〰〰〰〰〰〰〰〰〰

2024년 봄은 그 어느 해보다 아름다웠다. 꽃구경보다 멋진 경험을 맛보았기 때문이다. 좋은 사람들과의 인연이 소중했기에. 추억만으로 웃을 수 있을 것 같았기에. 책 쓰기 글쓰기의 기회가 주어졌을 때 함께 해 보자며 용기를 냈다. 허우적대던 터널 속에서 겨우 밖으로 빠져나온 세상은 어제보다 나은 오늘이 되었다. 이끌어 준 리더님과 함께해 준 아홉 명의 작가님께 감사드린다.

신승희 작가 〰〰〰〰〰〰〰〰〰〰〰〰〰〰

완벽해지면 실행하는 것이 아니라 실행하면서 완벽해진다. 완성을 이루려면 뭐든 시작부터 해야 한다. 작게라도 출발 후에 수정해 나가며 살아갈 것이다. 시작을 망설이고 좌절만 하고 있을 때보다 해나가면서 이루고 완성되는 것들이 더 진하게 남았다. 사람들을 만나고 책을 읽고 경험을 나누며 매일 성장한다. 지금 이 책이 그 증거다. 좋아하는 사람들과 정말 다 함께 만나 하나의 책이 되었다. 시작은 언제나 삶의 즐거운 여정을 선물한다. 이 책을 읽고 시작하는 당신의 여정도 즐겁고 행복하기를 응원한다.

양은영 작가 ～～～～～～～～～～～～～～～

문득문득 죽음으로 맞이할 시간이 떠오른다. 내가 사라지고 난 이곳에서의 삶이 걱정될 때가 많다. 잘 살아냈다는 기쁜 마음으로, 홀가분한 마음으로 그곳에 돌아가고 싶다. 〈우물쭈물하다가 내 이럴 줄 알았다!〉 오역이지만 조지 버나드 쇼의 묘비명이 인상 깊다. 삶이란 자신을 찾는 것이 아니라 자신을 만드는 것이라고 한다. 이번 책을 쓰면서 우물쭈물 살뻔했던 양은영의 삶이 만들어지고 있음에 감사했다. 누구나 삶의 가치를 만들 수 있다. 모두가 삶에 멋진 발자국을 남기길 응원한다.

어수혜 작가 ～～～～～～～～～～～～～～～

생애 첫 책을 사랑하는 스텔리 회원들과 내게 되었습니다. 내 일상과 생각을 글로 남기는 것이 두려웠으나, 스텔리이기에 용기를 내서 마칠 수 있었습니다. 길지 않은 기간 동안 두 시간 일찍 일어났을 뿐인데 성장과 변화의 기회가 끊임없이 이어졌습니다. 전혀 예상치 못한 기회가 왔고, 평생 함께 가고 싶은 좋은 공부 친구들도 만났습니다. 언젠가 자괴감에 빠져 방향을 잃는다면 이 책을 펼쳐 보겠습니다. 이때 얼마나 노력했고 눈이 반짝거렸는지를 되돌아보고 힘을 내겠습니다. 모든 워킹맘의 성취와 성장을 응원합니다.

이명희 작가 〰〰〰〰〰〰〰〰〰〰〰〰

　노력을 이기는 재능 없고 노력을 외면하는 결과 없다고 합니다. 나의 별명은 '독한 인간'이고 '노력파'입니다. 공부를 했습니다. 공부는 새 힘과 꿈을 주었습니다. 꿈은 지칠 줄 모르는 에너지를 줍니다. 내 나이 쉰셋, 삼십 년 만에 일본어 공부를 시작했습니다. 쉰넷에 일본 대 기업에 취직했습니다. 내가 원하는 일을 하며 진심으로 일의 맛을 느꼈습니다. 일에는 쓴 뿌리와 달콤한 열매가 있다는 것을 알게 되었습니다. 깨우침이란 매일 하는 노동에서 온다는 것을 배웠습니다. 노력의 성과가 주는 행복이 진짜 행복이라는 것을 체감하고 있습니다.

이미영 작가 〰〰〰〰〰〰〰〰〰〰〰〰

　열심히 앞만 보고 살다가 이제는 나만의 두 번째 스무 살을 맞이했습니다. 무심히 바라보던 하늘도 꽃도 이제는 달라 보입니다. 차츰 너그러워짐을 배우며 모든 사물에 집중하는 요즘이 참 좋습니다. 이제는 속도를 낮추고 나를 챙기며 시간을 보내고 싶습니다. 글을 쓰며 나를 돌아보고 희망을 품는 시간을 가질 수 있어서 감사했습니다. 앞으로 따뜻하고 정감 있는 글을 쓰는 사람이 되겠습니다.

이은경 작가 〜〜〜〜〜〜〜〜〜〜〜〜〜〜〜〜〜〜

독서 모임을 하고 공저를 하면서 지금까지의 시간을 되돌아보았다. 〈스토리텔링으로 리뷰하기〉가 없었다면 지나간 시간을 되돌아보지 않았을 것이다. 소중한 순간들과 마주했다. 글을 쓰면서 추억할 많은 일들이 있다는 것을 알았다. 생각하지 못했던 순간들을 글쓰기를 통해서 기억해 낼 수 있었다. "멈추지 않는 한 아무리 천천히 가더라도 상관없다." 〈공자〉

목표가 있다면 지금이 한 걸음을 내디딜 순간이다. 인생 마라톤을 달리며 소중한 순간들을 마주할 수 있도록 해준 〈스텔리〉 글쓰기 공저에 감사한다.

자기계발의 미학